CÓMO SEDUCIR AL JEFE

JILL MONROE

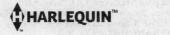

HARLEQUIN™

Editado por HARLEQUIN IBÉRICA, S.A.
Núñez de Balboa, 56
28001 Madrid

© 2004 Jill Floyd
© 2014 Harlequin Ibérica, S.A.
Cómo seducir al jefe, n.º 2013 - 26.11.14
Título original: Never Naughty Enough
Publicada originalmente por Harlequin Enterprises, Ltd.
Este título fue publicado originalmente en español en 2006

I.S.B.N.: 978-84-687-4799-6
Depósito legal: M-24088-2014
Editor responsable: Luis Pugni
Impresión en CPI (Barcelona)
Fecha impresion para Argentina: 25.5.15
Distribuidor exclusivo para España: LOGISTA
Distribuidor para México: CODIPLYRSA
Distribuidores para Argentina: interior, BERTRAN, S.A.C. Vélez
Sársfield, 1950. Cap. Fed./ Buenos Aires y Gran Buenos Aires,
VACCARO SÁNCHEZ y Cía, S.A.

Capítulo Uno

Volvió a estirarse.

Wagner Acrom se frotó el puente de la nariz mientras miraba cómo su secretaria, Annabelle Scott, rotaba lentamente los hombros. Luego, cerrando los ojos, oscilaba de lado a lado en la silla al tiempo que los pechos sobresalían por encima del jersey azul que llevaba.

Sintió una espiral de tensión por el cuerpo. Nunca antes se había fijado en los pechos de la señorita Scott. Claro está que ella tampoco se había puesto nunca un jersey tan ceñido, que no terminaba de encajar con la imagen profesional que habitualmente proyectaba.

Se metió un dedo en el cuello de la camisa para respirar. Sus ojos fueron hacia la piel suave de la señorita Scott, de un bonita rosa por encima del escote del jersey. Nunca antes se había fijado en su piel. Aunque ella tampoco había revelado nunca nada por debajo del botón superior.

Quizá pudieran hablar de la política de vestuario de la oficina. Prohibiría estrictamente los jerseys.

No es que su ropa fuera inapropiada, solo sorprendente, ya que por lo normal se ponía faldas hasta los tobillos y chaquetas holgadas.

Había demasiado en juego con la negociación con Anderson como para dejar que un jersey azul, y la mujer que lo llevaba, lo distrajera.

Anderson. Sí. Claro. Con calma y serena determinación, acercó la carpeta que Annabelle le había dejado en el escritorio. Necesitaba examinar las últimas exigencias antes de firmar y dar luz verde a la fusión propuesta entre su compañía y la de ellos.

Las acciones de Anderson se dispararían en el mercado de valores en cuanto la fusión concluyera. Adquirirían libre acceso a las patentes de su padre. Utilizando la tecnología que había detrás de las ideas de almacenamiento de energía de Mason Acrom, el equipo de Investigación y Desarrollo de Anderson planeaba desarrollar una red de energía solar y eólica a larga escala, que remodelaría y a menudo reemplazaría el viejo sistema de energía eléctrica. Era una visión muy distinta de la suya de llevar energía barata e independiente a las zonas agrícolas y rurales del mundo.

Anderson era la que se beneficiaría más con ese trato. Conocido antaño como un tiburón financiero, Wagner se habría comido una empresa tan pequeña y depreciada como Anderson. En el pasado, había realizado los mejores negocios en el sudoeste. Operaciones en las que él, y el grupo inversor para el que había trabajado, obtenían siempre la ventaja. Pero no estaba en los viejos tiempos y esa fusión le proporcionaba justo lo que necesitaba con desesperación. Liquidez. Un montón de fría liquidez.

Con ese dinero, finalmente podría sacar partido de lo único que le había dejado su padre. Para algunos, las líneas, los gráficos y las ecuaciones químicas no eran más que garabatos. Pero en ellos Wagner veía lo que su padre jamás había logrado ver, que esas patentes representaban un combustible barato y limpio. Algo por lo que otros estarían dispuestos a pagar millones.

Odiaba compartir los lucrativos derechos de desarrollo de las patentes de su padre. Sin embargo, sin una inyección de capital, a él tampoco le eran de mucha utilidad. La gente de Anderson podría tener la red de energía a gran escala, la parte de la operación rentable a corto plazo.

Pero no por mucho tiempo.

No era la clase de hombre que lo tirara todo por la borda. Tenía un proyecto nuevo en mente. Uno mejor. Con el dinero de Anderson, llevaría a la práctica algunas de las ideas inconclusas de su padre para crear una batería de energía pequeña y barata, con una potencia tan asombrosa que podría recargarse casi al instante y estar lista para operar cualquier cosa más exigente que una calculadora alimentada por energía solar.

Aparcada la imagen de los pechos de la señorita Scott, se obligó a leer el documento palabra por palabra. Un momento más tarde, tomó el rotulador rojo y subrayó un punto clave.

Le llegó un suspiro suave y femenino. Alzó la vista y vio que su siempre competente secretaria mostraba una sorprendente extensión de pierna mientras recogía una carpeta. La pantorrilla perfectamente torneada, el muslo esbelto, el…

El contrato se le deslizó de las manos y cayó a la alfombra beis. Al inclinarse para alzarlo, se golpeó la frente con el asa metálica de uno de los cajones de la mesa.

—Ay.

—¿Se encuentra bien? —ella giró en su sillón para mirarlo.

Se vio cara a cara con una vista completa de los pezo… la señorita Scott.

Se irguió frotándose la frente.

—Sí, perfectamente.

Ella le dedicó una sonrisa leve y volvió a concentrarse en mecanografiar algo.

Era la secretaria perfecta. Siempre puntual y siempre eficiente. Llevaban cuatro años trabajando juntos. Si en el pasado ella había mostrado alguna preocupación por él, jamás lo había notado.

¿Por qué en ese momento?

Le gustaba el sonido de los dedos de ella sobre el teclado. Por lo menos le daba a la oficina una ilusión de productividad. Su capital de inicio hacía tiempo que había desaparecido, lo que lo había obligado a recurrir a sus ahorros personales hasta poder contar lo que quedaba sin necesidad de utilizar una coma. Los acreedores caerían pronto sobre ellos.

Si la fusión no se producía, tendría que volver a trabajar para otra empresa. A no tener éxito nunca con su propia visión. Era más que un tiburón contratado. Aspiraba a construir algo. A dejar huella.

Continuó leyendo. Había negociado duramente para garantizar autonomía a Acrom Enterprises después de que se situaran bajo el nuevo paraguas empresarial. Aunque formaría parte de la Junta Directiva de Anderson, seguiría dirigiendo su propia empresa, aún podría desarrollar sus propias ideas. Anderson no iba a arrebatarle esas concesiones en el contrato definitivo.

Annabelle volvió a suspirar.

El sonido le desató una espiral de deseo en las entrañas, impulsándolo a mirarla otra vez. Curvó la espalda mientras se estiraba y otra vez ese condenado jersey se tensó sobre los pechos. El cabello largo y castaño se le soltó y le cayó por la espalda. Parecía una mujer en estado de languidez después de haber compartido unos besos.

Y querer más.

Cerró la carpeta sobre su mesa y la sobresaltó. Después de lanzarle una rápida mirada, continuó tecleando.

Se preguntó qué le pasaba. Se reclinó en el sillón. La señorita Scott era una secretaria demasiado competente como para tener que soportar sus frustraciones. Producidas por la fusión o por el sexo.

¿Sexuales? Diablos, sí, pero ¿cuándo había empezado a ver a la señorita Scott como una persona sexual? Por lo que sabía, llevaba una vida tan célibe como él. No recibía llamadas furtivas ni tenía una foto en el escritorio.

No le extrañó no poder concentrarse.

Necesitaba un plan, y deprisa.

Se levantó y cruzó el umbral que separaba las dos oficinas.

–Señorita Scott, ¿tiene la espalda agarrotada?

Ella alzó la vista con desconcierto.

–Eh, no. ¿Por qué?

–Con esos gemidos, pensé que le dolía algo.

Ella parpadeó y negó con la cabeza. A pesar del jersey, de la falda que mostraba tantas piernas y del pelo suelto, parecía la misma señorita Scott de siempre. Tenía el escritorio bien ordenado y la taza de café en el posavasos.

Wagner asintió y alargó la mano hacia el pomo de metal.

–No me pase ninguna llamada, por favor. Necesito concentrarme en la última contraoferta del representante de Anderson.

Y cerró la puerta.

Annabelle se hundió en el sillón y clavó la vista en el pomo de la puerta de Wagner. Por experiencia, sabía que no lo vería en lo que quedaba de día. De hecho, lo más probable era que le enviara un correo electrónico para pedirle un café.

Soltó el aliento contenido cuando él reapareció, grande y agitado, en el umbral.

Durante un minuto excitante, creyó ver una expresión de cazador en sus ojos azules cuando él la inmovilizó al sillón. Un hormigueo se le extendió por todo el cuerpo. Los pezones se le endurecieron presionando contra el jersey.

«Eres una mujer fatal», se repitió mentalmente.

«Eres una idiota», se corrigió después de que él cerrara la puerta. Tomó un bolígrafo y sacó el bloc de notas que había escondido. Lo abrió y, con trazos largos y fuertes, escribió algunas líneas entre sus notas:

1. Llevar jersey: desterrado del armario.
2. Suspirar: nunca más.
3. Arquear la espalda: no te lesiones.

Curvó el labio superior al tachar la última nota. La había escrito en mayúscula. ERES UNA MUJER FATAL.

Después de dejar a un lado la lista, se quitó los auriculares. Esa llamada de teléfono requería que sostuviera el auricular. Con dedos veloces, marcó el número de su mejor amiga, Katie Sloan. Esta respondió a la segunda llamada.

—Me rindo —le anunció.

—¿Ya? Si ni siquiera son las diez y media. ¿Te has puesto el jersey?

Annabelle miró hacia la puerta de Wagner. En ese momento se sentía ridícula con la prenda ceñida.

—Sí, me lo he puesto.

—Mmm, debería haber surtido efecto.

Se subió el jersey por los hombros… el escote era un poco… demasiado pronunciado.

—¿Has recordado el mantra? —insistió Katie.

«Eres una mujer fatal».

—Sí —lo eliminó del papel con unas cuantas tachaduras.

—¿Arqueaste la espalda?

—Me preguntó si me dolía.

Del otro lado de la línea recibió silencio. Contuvo un gemido. Katie rara vez permanecía en silencio. Eso significaba problemas. Desde que la conoció, en segundo grado de primaria, Katie había estado inventando ideas «brillantes» que por lo general salían al revés de lo planeado y por las cuales ella terminaba recibiendo la culpa.

–Acabo de tener una idea brillante. Es hora de sacar las armas de calibre grueso –expuso Katie al final–. ¿Hay algún modo en que puedas encerrarlo en el armario contigo?

–Dedicaría todo el tiempo a idear un modo de adquirir la empresa fabricante de la puerta y hacerse con el control de su dirección. No, olvídalo. Ya he hecho todo menos tumbarme desnuda sobre mi mesa.

–Vaya, eso sí que tiene posibilidades.

–Olvídalo –como no detuviera ese tren de pensamientos, Katie terminaría por convencerla de que recibir a Wagner desnuda era una idea fabulosa–. Tiene que haber otro modo para que se fije en mí.

–¿Has oído alguna vez la frase: «Bombeas un pozo seco»?

–Claro que la he oído. Estamos en Oklahoma.

–Pues creo que este pozo está seco. Y no estoy segura de que tuviera mucha agua para empezar.

–Quizá tengas razón.

–Hombres –Katie no necesitaba decir otra palabra. Con esa lo resumía todo–. Muy bien. Ya lo tengo.

Annabelle sintió un aguijonazo de aprensión.

Cualquiera sabía qué iba a elucubrar. Sin embargo, la curiosidad la dominó.

–¿Qué?

–Un plan magnífico para esta tarde. Escribe esto: «Nada es más seductor que la comida».

–¿Qué?

–De hecho, es brillante. Un picnic. Ya puedo verlo. Los pájaros y las abejas concentrados en lo suyo. La cabeza de él en tu regazo mientras tú le das uvas para comer. A propósito, es una fruta muy sexy.

–¿Puedo recordarte que estamos a mediados de diciembre? Quizá ahora mismo el sol brille –miró en dirección a la ventana– pero ¿cuánto va a durar?

–Vale, vale. Entonces, celébralo en el suelo de la oficina. De hecho, esa idea me gusta más. Además, ahí tenéis un bonito sofá de piel. ¿Ves lo que logramos cuando juntamos procesos creativos?

Annabelle miró de los sofás negros de piel que había en la zona de recepción al cromado y acero de su escritorio y archivador. La oficina de Acrom Enterprises estaba ideada para invocar seguridad y profesionalidad. No picnics. Desde luego, no uvas.

–Sería inapropiado en la oficina. Además, no le van los picnics. De hecho, a mí tampoco.

Katie suspiró.

–De verdad, con lo listo que es, no entiendo cómo no se ha dado cuenta de que sois perfectos el uno para el otro. Jamás he conocido a dos personas más convencionales.

–No me gusta ese comentario.

–Pero te describe. La idea del picnic funciona-

11

rá precisamente porque no es de las personas dadas a hacer picnics. Lo descolocará por completo. Y, personalmente, creo que ya es hora de que lo desconciertes –volvió a suspirar–. Escucha, si quieres, lo podemos olvidar todo.

Annabelle le dio vueltas al bolígrafo entre los dedos.

–Quiero probar este plan. Ya es hora. Voy a seguir adelante con mi vida. Ayer pagué la última cuota del préstamo. Dentro de cuatro semanas tendré el diploma.

Miró alrededor de la oficina que había ayudado a crear Wagner. Habían empezado con tantos sueños y esperanzas. En ese momento, se enfrentaba a una fusión.

La tristeza y una nueva expectativa se fundió en su corazón. Liquidado el préstamo para pagar los negocios turbios de su padre y su diploma de Económicas casi en la mano, al fin era libre. Libre de ir en pos de sus sueños y objetivos.

–No puedo quedarme aquí… tampoco quiero. Lo único que me retiene es él. Me dio un trabajo cuando todos los demás tiraban mi currículo. Vio más allá de mi apellido. Me dio un sueldo y responsabilidad, y encima está magnífico con un traje.

–No puedo objetar nada a eso.

Clavó la vista en la puerta del despacho de Wagner.

–Si no está destinado a ser, entonces quiero cerrar con firmeza la puerta a mi espalda y no mirar nunca atrás.

—Entonces, adelante con mi plan. Falta poco para la hora del almuerzo. ¿Sigues teniendo la delicatessen en la planta baja de tu edificio?

—Sí.

—Estupendo. Repite conmigo: «Eres una seductora».

Wagner sonrió satisfecho al subrayar en rojo un punto que quería aclarar con los testaferros de Anderson, Smith y Dean.

«Buen intento, amigos. Lástima que no os vaya a funcionar».

¿Es que pensaban que pasaría por alto la cláusula que lo ataría a Anderson durante los próximos diez años? Podía haber estado fuera del juego en los últimos años, pero todavía se conocía todos los trucos. Diablos, él mismo había inventado algunos.

Era evidente que el abogado que había redactado ese contrato no conocía su fama de tiburón. Con treinta años, había hecho que otras personas ganaran millones de dólares. Unos cuatro años más tarde, un idiota novato pensaba que podía sorprenderlo.

Llevaba en el negocio desde que su madre, confiando a ciegas en él, vendiera el hogar de la familia. Con lo obtenido, había comprado su primera empresa, y luego le había dado a su madre el triple del dinero por el que había vendido la casa con los beneficios logrados después de vender la empresa en tres partes separadas. A partir de ese momento, ya no había necesitado arriesgar su propio dinero, trabajando a cambio para un grupo inversor de primera. Durante un tiempo, había nadado en dinero. Le había dado a su madre las cosas que su padre jamás había podido conseguir. Había probado la satisfacción de echar a algunas de las personas que nunca le habían dado a su padre una oportunidad.

La muerte de su madre le había mostrado lo vacía que se había vuelto su vida. Había ganado muchísimo dinero, pero no tenía nada de valor. A partir de ese momento, solo iba a trabajar para sí mismo.

Y como buen cazador que era, sabía cómo reconocer y quitarse de encima a un agresor antes de que este pudiera parpadear.

Se concentró en la página siguiente del contrato.

Una llamada a la puerta le interrumpió. La señorita Scott entró con una cesta y una botella de champán. Al verla acercarse, se puso de pie.

—¿Qué es eso?

—Los dos hemos estado trabajando duramente y quería celebrarlo.

Él desvió la mirada a las páginas del contrato de Anderson. La esperanza de una fusión que dejara intacta algo de su antigua gloria se desvanecía cada vez que le quitaba el capuchón al bolígrafo. No necesitaba a un corredor de apuestas para que le dijera que las probabilidades de eliminar todo lo que no le gustaba eran realmente bajas.

—¿Qué hay que celebrar?

Le dedicó una sonrisa insegura.

–La casi conclusión de la fusión y… mi diploma.

Wagner experimentó un júbilo auténtico por el éxito de ella. Era agradable ver que le sucedían cosas buenas a la gente que se las merecía. Los dos compartían un pasado común de padres aprovechados. Había conocido a Annabelle cuando él se hallaba en la cima y ella en el punto personal más bajo: completamente sola excepto por la deuda que le había dejado el padre. El hombre había robado a los familiares y ella había jurado pagar hasta el último céntimo. Cuando al fin tenía un balance positivo, lo más probable era que quisiera empezar una vida propia. Su placer se desvaneció, sustituido por… aprensión. Se enderezó la corbata y carraspeó.

–Será una magnífica asesora financiera –dijo, dejando el bolígrafo. Experimentó un poco de tristeza al pensar que se marcharía pronto.

–Necesito acabar este semestre. No tardaré en ayudar a la gente a realizar mejores elecciones de inversión –se apoyó la cesta contra una cadera.

Él rodeó la mesa con celeridad y extendió la mano.

–Deje que la ayude.

La sonrisa de ella se amplió al entregarle la cesta y que sus manos se rozaran. Tomó la manta que había colocado encima de la cesta y, con un movimiento, la desplegó y la extendió sobre el suelo.

–¿Qué hace? –preguntó él.

15

Annabelle se acomodó sobre la manta, colocando las piernas debajo al tiempo que le ofrecía una visión clara del jersey.

Wagner no tuvo otra opción que reconocer que el escote era deslumbrante.

Tenía que sacarla de su despacho. Debía concentrarse en una fusión, no...

—¿Muslo o pechuga? —preguntó ella.

Él tragó saliva. Pollo. Le ofrecía pollo. No su apetitoso cuerpo.

—Ambos.

Se sentó en el suelo junto a Annabelle antes de que se le saltaran los ojos de las órbitas.

—Se me ocurrió que un picnic en un espacio cerrado estaría bien. Los dos debemos almorzar. De este modo, no tenemos que dejar la oficina, preocuparnos por las hormigas y, si es necesario, yo puedo contestar el teléfono.

Una lógica y sensatez perfectas. Como siempre. Echaría de menos su puntualidad, su cabeza juiciosa y su sentido del orden.

Después de sacar dos platos rojos de cerámica de la cesta, comenzó a servir la ensalada de pollo y pasta. El estómago le crujió al oler el pan fresco.

Ella extendió mantequilla en el pan y se manchó un dedo. Se lo llevó a los labios para chuparlo.

Sus ojos se encontraron. Lo había sorprendido mirándola fijamente.

—¿Mantequilla? —preguntó ella.

«Oh, sí».

—Wagner, ¿quiere mantequilla en su pan?

—No. Será mejor que no. Gracias.

—¿Quiere abrir la botella?

Arrancó el envoltorio de aluminio con facilidad.

Estirándose con elegancia, depositó el plato de él delante de su rodilla. Los dedos le rozaron levemente la pierna. Clavó la vista en las manos de ella. Jamás se había fijado en la fina estructura ósea de esos dedos y muñecas delicados.

Unas manos tan esbeltas para ocuparse de tanto trabajo. La universidad, la oficina, y sabía que de vez en cuando hacía transcripciones para reducir la considerable deuda asumida. Alzó la vista. Unos hombros tan estrechos para sostener las cargas de su padre. Los ojos siguieron hasta la boca. Unos labios tan dulces, rosados y plenos, exigiendo el beso de un hombre.

Algo extraño e inusual le atenazó el interior mientras clavó los dedos en el corcho, que voló por la habitación y el champán espumoso cayó por el costado de la botella. Riendo, ella le entregó una copa larga.

Él sonrió al sentir el peso.

—¿Plástico?

—No pude encontrar de cristal.

Comer sobre la alfombra y beber en copas de plástico estaba en el otro extremo del espectro de sus días de caviar y cristal. Cinco años atrás, habría podido abrirse paso hacia el bufé con el simple acto de cruzar la estancia.

Después de llenar con cuidado las dos copas, le entregó una a ella. A pesar del tiempo que llevaban trabajando juntos, no recordaba que alguna vez hubieran compartido una comida o que hubieran estado tan cerca como para poder captar el tentador olor a vainilla de su champú o notar el diminuto hoyuelo en su mejilla derecha.

Salvo en una ocasión.

Lo había olvidado hasta ese momento.

Dos meses antes, habían trabajado hasta tarde en la propuesta de un proyecto. Ella se había quedado dormida en el sofá en el rincón de su despacho. Él solo había querido llevarle una taza de café para que estuviera lo bastante despierta para poder conducir a casa.

Pero se había quedado mirando cómo el cabello se le curvaba alrededor del mentón. Las formas seductoras de sus caderas y la tensión que creaban sus pechos en los botones de la blusa. Todo una pura tentación.

Se había alejado felicitándose por no cometer el enorme error de despertarla con un beso tal como había sido su primer impulso.

El hoyuelo apareció en su mejilla mientras él aspiraba lentamente una tira de pasta.

Le recorrió una espiral de deseo. Apartó la vista. La comida de su plato era un punto más seguro para contemplar.

El silencio se asentó entre ambos. No fue incómodo, pero pasados unos minutos, algo lo llevó a quebrarlo.

—¿Cómo tiene la espalda?

Ella frunció el ceño, confundida, luego sonrió.

—Oh, bien. Solo necesitaba estirarme un poco. Demasiado estudio.

Sintió un sudor frío en la nuca cuando ella cerró los ojos y movió los hombros. Con la vista buscó sus pechos y a punto estuvo de gemir. Alzó la copa de plástico con champán y la vació de un trago.

Luego tosió.

—Esto no es champán.

—No. No pensé que el alcohol fuera una buena elección en mitad de una jornada laboral. Es sidra.

—Un sabor… muy interesante.

—Era lo único que tenían.

Mientras aún tosía, ella le palmeó la espalda. Los pechos oscilaron ante sus ojos y experimentó con más fuerza el impulso de toser.

—Estoy bien.

Ella se apartó y volvió a fruncir el ceño.

—Tengo algo perfecto para que le limpie el paladar —sacó dos porciones grandes de tarta de chocolate de la cesta y un racimo de uvas verdes.

Estuvo a punto de incorporarse de un salto de la manta cuando su lengua rosada lamió una uva. Imaginó que esa misma lengua le tocaba y probaba el…

«¿Qué diablos me está pasando?». El modo en que ella comía solo le hacía pensar en sexo. Sexo con la señorita Scott.

Lo absurdo de la idea lo impulsó a ponerse de pie. Por desgracia, se llevó consigo el extremo de la manta. Los cubiertos cayeron del plato y la tarta de chocolate fue a parar a la alfombra.

—Señorita Scott, gracias por el almuerzo. Tomaré el resto en mi mesa. He de repasar una vez más el contrato de la fusión.

Cuando ella lo miró, sus ojos estaban llenos de algo. ¿Qué era...? ¿Dolor?

La furia, consigo mismo y con esa situación frustrante, hizo que lamentara su conducta incómoda y brusca.

—Eh, gracias, señorita Scott. Y felicidades.

Con un asentimiento contenido, y sin levantarse, ella terminó de recoger las cosas de la manta para colocarlas en la cesta. Él giró la cabeza cuando ese delicioso trasero quedó ante sus ojos.

—Señorita Scott —dijo cuando ella terminó la tarea.

Lo miró, con una mezcla de miedo y esperanza evidente en la expresión.

—¿Sí?

—Hoy trabajaré hasta tarde. Por favor, cierre al marcharse.

Con éxito, Annabelle resistió la tentación de cerrar de un portazo. Fue a su mesa, soltó la cesta junto al archivador y sacó el bloc de debajo del teléfono.

En esa ocasión, tomó un rotulador grueso para tachar la estúpida lista. Iba en serio.

1. Usa la lengua: muérdetela la próxima vez que sientas la necesidad de pedirle consejo a Katie.

2. Juega con la comida: déjale eso a un crío.

3. Arquea más la espalda: hazlo y verás lo que es un buen dolor de espalda.

El olor de la tinta llenó la habitación mientras tachaba hasta el último rastro del último mantra. «Eres una seductora».

«Sí. Claro. Una seductora que vuelve al trabajo».

Apartó el papel y marcó el número de Katie. Su amiga contestó a la primera; debía de haber estado esperando la llamada.

—El plan se fue al garete. Estoy acabada.

—Mmm.

—Basta de planes nuevos. Tienes razón. El pozo está seco —expuso Annabelle. Tenía un plan propio. Quizá si se mostraba de acuerdo con Katie, su siguiente sugerencia no tuviera nada que ver con zapatos de tacón de aguja y una boa negra de plumas.

—No sé. No puedo evitar pensar que lo único que necesita es un empujoncito —respiró hondo—. ¡Ya lo tengo!

Annabelle se encogió por dentro.

—Quizá no deberías volver a decir esas palabras. Tus dos últimos planes se fueron al traste.

—Esos planes deberían haber funcionado. Empiezo a pensar que es un problema de ejecución. Por eso me ocuparé de todo en persona. Pienso supervisar la siguiente operación.

—Katie, no me interesa…

—Empezarás a ver a otro hombre.

Se relajó. Ese plan no iría a ninguna parte.

—Bueno, primero tengo que elegir a uno de los muchos que claman ante mi puerta.

—Iremos poco a poco. Esta noche hay una fiesta. La compañera de habitación de Heather se ha casado y da una fiesta de «sigo soltera» en su apartamento.

En esa ocasión, el gemido de Annabelle fue audible.

—No. Odio las fiestas.

—Belle, cariño, quizá es hora de que sigas adelante. En tu oficina no está pasando nada. Necesitas buscar algo nuevo. Puede que no surja en esta fiesta, pero será un comienzo.

Miró otra vez la puerta cerrada del despacho de Wagner. Su corazón, igual que la puerta, siempre estaría cerrado para ella. Era mejor que empezara a acostumbrarse.

—De acuerdo. Iré.

—Estupendo. Te veré allí.

Colgó y volvió a mirar el bloc. Arrancó las notas preparadas con cuidado. Con decisión, fue a la trituradora de documentos, la encendió e introdujo las hojas.

Capítulo Dos

—¿Qué hago aquí? —gritó Annabelle por encima del estrépito de la multitud.

—¿Te refieres filosóficamente? —bromeó Katie mientras sacaba dos copas del bar improvisado y le entregaba una a su amiga.

—No, ya sabes a qué me refiero —nunca había encajado en ese tipo de fiestas para ligar. Empezaba a dolerle la cabeza. Se dijo que debería haberse puesto las gafas.

Desde el centro de la habitación, donde había dos parejas, llegaron unas risas. Annabelle no pudo dejar de notar la postura incómoda y la sonrisa forzada de una de las mujeres. No le apetecía una velada igual. Le devolvió la copa a Katie.

—Esto es una locura. Yo odio las fiestas.

—Razón por la que necesitas estar aquí. Necesitas volver a la escena.

—Las fiestas no son lo mío. Aquí no hay ni un espíritu afín.

Katie enarcó una ceja.

—¿Es que intentas encontrar a un alma gemela? No, solo tratas de pasar un buen rato, quizá mantener una conversación inteligente con un hombre interesante.

Durante seis meses, su mejor amiga había asumido la misión de darle una vida. La sorprendía que aún lograra mostrar energía en el proyecto, en especial después del fiasco de aquella tarde del picnic.

Pero a pesar de todos los esfuerzos de su amiga, Annabelle sabía que esa fiesta era un error.

Sí, era momento de marcharse.

–¿Ves algún posavasos? –le preguntó.

Katie se encogió de hombros mientras se alzaba un poco el top, para resaltar todavía más el piercing que llevaba en el ombligo.

–Déjala en cualquier parte.

Annabelle movió la cabeza y examinó la habitación. Una sensatez profundamente arraigada le impedía posar una copa en la madera.

Katie se irguió y sonrió.

–Eh, ahí está Jeff. Vamos con él.

Annabelle miró hacia donde apuntaba Katie y gimió en silencio. Debería haberlo adivinado. El grupo estaba formado únicamente por hombres.

–Oh, esos chicos no.

–¿Qué tienen de malo?

Muchas cosas. No tenían ojos azules. Ni una cicatriz encima del ojo derecho. Ni le sacudían cada átomo del cuerpo. No eran Wagner.

Annabelle movió la cabeza.

–No puedo creer que me marchara antes de la oficina para venir a esto.

Katie frunció el ceño.

–Tienes que pensar en alguien que no sea tu jefe, y esta fiesta es el lugar idóneo para empezar.

—Ya hemos pasado por lo mismo.

—Lo sé y me callaré. Solo quiero que dejes de perder el tiempo con él y pienses en conocer a alguien nuevo. Cariño, sé que cuesta oírlo, y a mí decirlo, pero ese tipo jamás va a fijarse en ti. Está demasiado involucrado en su empresa, demostrando que no es su padre.

—A ti no te cuesta decir eso, porque lo dices constantemente. Ya no estoy interesada en Wagner Acrom. Me rindo, pero me quedo con él porque paga bien. Muy bien. No olvides que me dio un trabajo cuando tenía más facturas que perspectivas. Le debo mucho. Así que deja de soltarme discursos.

—Eh, claro —Katie volvió a indicar con un gesto de la cabeza al grupo de hombres—. Te diré lo que haremos. Iremos junto a ellos y dirás una sola frase, luego nos iremos. Basta de malos ratos.

Cuando quería, Katie tenía una sonrisa cautivadora, de esas que podía convencerla de que casi todo era una buena idea.

Enarcó una ceja.

—¿Lo prometes?

—Lo prometo. Pero tu frase no puede ser «adiós». Además, hemos venido para pasar un buen rato —le guiñó un ojo, giró la cabellera roja, enlazó el brazo con el de su mejor amiga y se contoneó por la sala tratando de pasárselo bien.

—Hola, Katie. ¿Quién es tu amiga?

Eso era tan sutil como podía serlo un adolescente. Annabelle trató de ocultar su crispación. Era evidente que no la recordaba, pero ya conocía a Jeff. Su ropa era como las páginas web que diseñaba. Pura forma y nada de sustancia. Katie ya debería saber que jamás le atraería esa clase de hombre.

–Hola, Jeff, es Annabelle –le dio un empujón delicado y su amiga estuvo a punto de caer contra el hombro de Jeff.

Este la sujetó y demoró la mano en su codo.

–Hola, Annie. ¿Cómo estás?

«Irritada cuando la gente me llama Annie». Y encima, le hablaba a sus pechos. No cabía duda de que la estaba examinando, pero de un modo que sugería que calculaba el precio de sus zapatos, ropa y joyas. Annabelle carraspeó.

–Soy secretaria administrativa.

La sonrisa de quinientos vatios se apagó un poco. Una secretaria probablemente no encajara en sus planes de éxito.

–Encantado de conocerte. Mike nos contaba que está tomando clases de hipnosis.

Annabelle no pudo evitarlo y soltó una carcajada.

Mike se irguió y se volvió hacia ella. Llevaba una gorra de béisbol puesta hacia atrás, una señal inequívoca de que no había crecido y dejado atrás sus días universitarios.

–¿No crees en la hipnosis?

–No –ya había dicho algo. Podían marcharse.

Por desgracia, las caras expectantes que la rodeaban esperaban más conversación.

–¿De verdad no crees en la hipnosis? –inquirió Jeff.

–Bueno, acepto el poder de la sugestión, pero eso de quedar en trance y que te cambien la personalidad, no creo que sea algo que pueda suceder.

Su padre había sido un profesional con la estafa de la hipnosis. Siempre prometía una cura mediante la hipnosis. Para fumar, comer en exceso, morderse las uñas, lo que fuera. Así como había muchos profesionales bienintencionados y entrenados en el mundo que podían ayudar a alguien con estratégicas sugestiones hipnóticas, su padre no estaba preparado era bienintencionado. Con el encanto y el carisma que había exhibido, la gente siempre había abierto con facilidad las chequeras. Contuvo la habitual sensación de culpabilidad que experimentada cada vez que recordaba uno de los timos de su padre.

Jeff rio.

–Estupendo. Entonces, no te molestará ser voluntaria. Mike buscaba una víctima.

–¿Qué? –giró con celeridad la cabeza hacia Jeff.

–No puedo rechazar esa clase de desafío –intervino Mike–. ¿Lista? –le pasó un brazo alrededor de los hombros.

Después de burlarse, no podía decir que no. Además, sería divertido demostrar que se equivocaban. No podía tener nada malo dejar que lo intentara. No funcionaría.

–Adelante.

Había aprendido todos los trucos de un profesional como su padre. La hipnosis casera de Mike no tenía ni una oportunidad.

Mike rio.

—Eh, Heather, ¿podemos usar el cuarto de tu antigua compañera de piso?

Annabelle hizo una mueca para sus adentros cuando todos los ojos giraron hacia ellos.

—En el dormitorio de atrás no hay nadie. Ahí podremos disponer de un poco de intimidad —explicó Mike.

Heather enarcó una ceja.

—¿Qué vais a hacer ahí atrás?

—Nada perverso —le aseguró—. Es un desafío. Annabelle no cree que pueda hipnotizarla.

—Suena divertido… y he de ver a Annabelle hipnotizada. Vamos, Kelli. Mientras estemos allí podré mostrarte el dormitorio para que veas si es lo bastante grande para tu mesa de dibujo.

Jeff condujo al grupo creciente por el pasillo estrecho. Abrió la puerta y todos entraron en el dormitorio vacío. Solo había un escritorio, una lámpara, una silla y un colchón, todo contra la pared.

Mike cerró la puerta detrás de la última persona, situó la silla del escritorio en el centro de la habitación y le indicó a Annabelle que se sentara, lo que ella hizo. Él encendió la lámpara.

—Que alguien apague la luz del techo —pidió.

Una de las mujeres rio entre dientes cuando la oscuridad invadió el dormitorio.

Mike carraspeó.

—Para que funcione, tiene que reinar el silencio. De acuerdo, Annabelle, sientes los ojos muy pesados.

28

Ella rio.

—Vamos, ¿no se te ocurre algo un poco más original?

Mike se subió las mangas de la camisa hasta los codos.

—Tú sigue mis directrices. Cierra los ojos y despeja tu mente. Olvídate de todos los que hay en la habitación.

Suspiró, pero cerró los ojos. Cuanto antes intentara hipnotizarla y fracasara, antes podría irse a casa a darse un baño de espuma.

—Vuelve atrás en la memoria. Busca un momento en el que estuvieras muy relajada.

Ella abrió un ojo.

—Nunca estoy relajada.

—Es cierto. Jamás la he visto relajada —corroboró Katie.

—De acuerdo; entonces, tu recuerdo preferido —con la mano le indicó que debía cerrar los dos ojos.

Eso era fácil. El día en que estuvo trabajando hasta tarde con Wagner y se quedó dormida en el sofá de piel en su despacho. La había despertado con el olor a café bajo la nariz. Al abrir los ojos, a punto había estado de caer en los azules de él, tanto más tentadores sin las gafas.

Durante un momento eterno, había creído que iba a besarla.

Tardó un momento en contestar.

—Sí —la voz le sonó pesada e imprecisa. Se preguntó por qué tenía tanta dificultad en pronunciar solo una palabra.

–Bien. Sigue pensando en ese momento. Concéntrate en las buenas sensaciones que te produce ese recuerdo. Que todo lo demás pase a segundo término menos esos sentimientos y mi voz.

–Sí. Segundo término. Café –repitió Annabelle. Osciló un poco en la silla. Entre la bruma del recuerdo, sintió una mano en el hombro que la estabilizaba.

–Quizá deberías parar, Mike.

¿Era la voz de Katie? Qué raro. Sonaba inquieta. ¿Qué hacía en la oficina de Wagner? La voz se desvaneció. La fragancia de la colonia de Wagner le llenó los sentidos y experimentó una deliciosa sensación de la anticipación cuando los labios de él casi tocaron los suyos. Se arqueó hacia delante, más cerca de…

–¿Qué deberíamos hacer? –susurró Heather.

–Deberíamos darle una sugerencia. ¿Qué necesita? ¿Tiene algún mal hábito? –inquirió Mike.

Annabelle luchó entre la bruma de palabras vaporosas y oscuridad creciente. ¿Quién hablaba? No había nadie en la oficina con ellos.

–Lo que necesita es olvidarse del trabajo de vez en cuando. Tomarse un día libre.

–Estupendo. Serás espontánea.

Las palabras, susurradas junto a su oído, carecían de sentido. Cerró los ojos con más fuerza. No quería hablar, únicamente quería regresar al hermoso recuerdo. Al sofá. Al olor a café.

–Te encantarán los malvaviscos.

–Serás una diablesa sexual –soltó otro.

Katie se quedó boquiabierta.

–Oh, Jeff. Retira eso.

–¿Qué diferencia hay? Si no está funcionando.

–Sí que funciona. Mírala.

«¿Era Mike?».

–Tú cámbialo –le dijo Katie, cada vez más preocupada.

«Qué sueño tan raro».

–Vale, serás sexualmente atrevida.

–Démosle algo que realmente pueda usar.

–Correrás desnuda por el campo de béisbol de Bricktown.

Mike carraspeó, cortando cualquier objeción.

–De acuerdo, Annabelle, cuando encienda la luz, no recordarás nada de esto, pero las sugerencias permanecerán contigo.

–Vamos, Mike. No es justo.

Otra vez la voz de Katie.

–Vale, vale. Solo bromeaba. Retiraré las sugerencias y la dejaré únicamente con una sensación agradable de descanso.

La luz invadió la habitación. Se afanó por abrir los ojos.

Una mujer joven se hallaba junto a la puerta abierta, la mano sobre el interruptor de la luz.

–Oh, lo siento, no sabía que estabais todos aquí. ¿Qué hacéis, de todos modos? ¿Una sesión de espiritismo?

–Oh, no –dijo alguien.

¿Quién estaba en la habitación con ella? ¿Y Wagner? Un momento, no se encontraba en un sofá. Se hallaba sentada en una silla. El aroma del café de Wagner había desaparecido.

Parpadeó unas veces mientras los ojos se adaptaban a la luz brillante. Seis caras se volvieron hacia ella, expresando diversos grados de alarma.

—¿Por qué me miráis todos así?

Katie carraspeó.

—Belle, ¿te encuentras bien?

Se encogió de hombros.

—Claro.

—¿Qué me dices de…? —la voz de su amiga calló al mirar fijamente a Mike.

Con un extraño intercambio de miradas, el resto del grupo se dispersó rápidamente. Mike había perdido la expresión despreocupada de antes. Tenía las cejas alzadas y los hombros tensos. De hecho, parecía ansioso.

—Annabelle, ¿no lo recuerdas? —el rostro de Katie mostraba preocupación.

Era extraño. Annabelle se sentía de maravilla.

«Sientes los ojos muy pesados». Entonces recordó por qué estaban todos en esa habitación y por qué actuaban de una forma tan peculiar. Contuvo una risita.

—Oh, ¿ese rollo de la hipnosis? Lo siento, Mike, no parece hacer nada. Pero estoy un poco cansada y ahora me gustaría irme a casa.

—¿Tienes sueño? Estupendo. Durante un momento, pensé que se te fijarían todas esas demenciales… olvídalo —sonrió y salió con celeridad de la habitación.

Katie suspiró y pareció aliviada.

—Jamás pensé que os entusiasmaría tanto verme cansada —comentó al ponerse de pie y estirarse.

Su mejor amiga sonrió.

—No es nada. Gracias por venir conmigo esta noche. Sé que estas fiestas no son lo tuyo. Pero, por favor, piensa en lo que te dije antes.

—¿En qué?

—En tu jefe. No podrás avanzar a menos que, bueno, avances. Ve a casa a dormir un poco.

—Oh, no estoy cansada. De hecho, me siento realmente relajada. Dije eso para deshacerme de Mike y de todo ese rollo raro de la hipnosis.

El color detrás del maquillaje de Katie se desvaneció. Abrió y cerró la boca.

—Oh, no.

Annabelle dejó de estirarse al oír la preocupación en la voz de su amiga.

De hecho, casi todo el mundo había huido de la habitación con distintos grados de preocupación y ansiedad reflejados en los rostros.

Se preguntó por qué actuaban de forma tan extraña, con Katie a la cabeza.

—¿Qué sucede? —preguntó.

Su amiga tiró de la manga de la chaqueta que llevaba puesta.

—Se suponía que debías despertar sintiéndote descansada y dijiste que estabas cansada y...

Annabelle movió se lanzó hacia la puerta.

—Katie, ¿de qué estás hablando? No pude haber estado en esa silla más de unos minutos —agitó el hielo en su vaso—. ¿Lo ves? Aún tengo mi copa.

—¿Unos minutos? Annabelle, estuviste sentada unos quince minutos. Quizá deberíamos buscar a Mike otra vez y hacer que...

–Relájate. Estoy bien. Tal vez, con tanta oscuridad, me quedé dormida un rato. De hecho, tuve un bonito minisueño. Quizá es la razón por la que me siento recargada. Además, soy inmune a la hipnosis, créeme –recogió el bolso y dejó la copa en la mesilla lateral de roble.

–¿Qué, no usas posavasos? –preguntó Katie, ceñuda.

Annabelle se encogió de hombros.

–¿Quién los necesita?

Después de abrirse paso con rapidez entre los coches aparcados, abrió su viejo Volvo, arrancó el motor y se largó. Al menos Katie no trató de seguirla. ¿Cuál era el problema? No había usado posavasos... eso no significaba que la hubieran hipnotizado.

Lo que le había contado a su amiga era verdad. La excusa del cansancio era eso, una excusa. Estaba mejor que bien, se sentía eufórica y cargada de energía.

Tampoco estaba lista para irse a casa. Le encantaba conducir por Oklahoma City por la noche. Un paseo alrededor del lago le subiría aún más el ánimo. Aunque no se lo reconocería a Katie, esa fiesta había sido exactamente lo que había necesitado, después de todo. Puso rumbo hacia el lago Hefner.

Algunos de sus mejores recuerdos se desarrollaban en torno a ese lago. Varias veces en sus tiempos de colegio, su padre había ido a sacarla de clase con algún pretexto para darle paseos por esa zona. Se habían sentado sobre las rocas que había ante el lago y dado de comer a los patos. Le habían encantado esos momentos especiales. En ese instante, lo reconocía como un signo más de la gran irresponsabilidad que él mostraba.

Bajó la ventanilla para dejar que el aire nocturno se llevara la melancolía. El agua oscura rompía contra las piedras y le despertaba los sentidos. El aire nocturno le acarició la piel. Era una de esas singulares y hermosas noches de diciembre, cálida, con un leve toque de brisa.

Los prometedores días de la primavera esperaban para darle la bienvenida.

Aunque en ese instante, su vida no albergaba mucha esperanza.

Quizá Katie tenía razón. Quizá era hora de actualizar el viejo currículo. Wagner conocía su objetivo de trabajar como asesora financiera. Dejar a Wagner era una simple cuestión de tiempo. Lo que le había contado a Katie esa tarde era verdad. Estaba preparada para seguir adelante.

Tal vez había llegado el momento de dejar de fantasear con su jefe. Pero ¿cuándo, en los últimos cuatro años, se había ido a la cama sin soñar con Wagner Acrom?

En un principio, el plan había sido desempeñar el puesto de secretaria administrativa hasta terminar los estudios y pagar las deudas de su padre.

No estaba segura de cuándo habían cambiado sus sentimientos. Wagner no se parecía a ningún otro hombre que hubiera conocido jamás. Había abandonado una carrera de gran éxito como tiburón corporativo para establecer una empresa propia. Inteligente y astuto, no era un hombre al que su padre hubiera podido engañar. Y siempre que la miraba con esos oscuros ojos azules, prácticamente lograba que se derritiera en el sillón. Magnético, seguro y maravilloso, era un hombre capaz de apreciar el orden y la precisión. ¿Cómo no enamorarse de él?

Golpeó el volante con la palma de la mano. ¿Por qué tenía que ser tan idiota? Wagner solo tenía dos cosas en la mente: construir su empresa y mantenerla en la cima. Y ella no entraba en ninguno de esos dos objetivos.

Lo que necesitaba era olvidarse del trabajo de vez en cuando. Tomarse un día libre.

Katie llevaba años diciéndoselo, pero hasta ese momento no le había parecido una buena idea.

Eso arreglaba las cosas. Se regalaría un fin de semana largo. Iba a tomarse el viernes libre. Se lo merecía y debía a sí misma.

A Wagner Acrom le encantaba levantarse pronto los lunes por la mañana.

Encendió la luz de la oficina, luego el ordenador y después observó su escritorio.

Y volvió a observarlo.

Algo no encajaba. Tenía la mesa vacía. ¿Dónde estaba la agenda del día? Tampoco lo esperaba una taza de café en el posavasos. Annabelle siempre dejaba esos dos artículos básicos en su mesa antes de que él llegara. ¿Cómo podía un hombre comenzar el día sin saber lo que necesitaba hacer y sin el empujón esencial de la cafeína?

Regresó al despacho de fuera. Ella no estaba allí. De hecho, no había rastro de que hubiera llegado esa mañana. Las persianas seguían cerradas y los auriculares aún estaba colgados del teléfono. Eso no presagiaba nada bueno para un lunes productivo. En especial después de que no hubiera ido a trabajar el viernes.

Quizá debería llamarla. Sacó el móvil, pero antes de que pudiera apretar la tecla de llamada rápida, volvió a cerrar el aparato. La señorita Scott se presentaría. Se lo había prometido el viernes. Y su secretaria siempre cumplía las promesas.

Desconcertado, regresó a su despacho y se reclinó en su sillón de ejecutivo, que jamás fallaba en aliviarle los músculos de la zona lumbar. Lo había elegido Annabelle, siempre anticipando lo que necesitaba.

No tenía sentido dejar que ese revés le afectara el día. Bien, ella llegaba tarde. Cualquiera podía llegar tarde de vez en cuando.

Tenía que mantener la concentración en sellar la fusión con Anderson. Todavía era crucial para poder llevar a cabo sus propias ideas. Tamborileó con los dedos en la mesa. Era una locura. Había construido su negocio desde los cimientos. La operación no podía paralizarse solo porque no tuviera un papel sobre su mesa.

Pero primero necesitaba café. No disponía de tiempo para ir a la cafetería, como había hecho el viernes. Fue a la sala de estar, aunque era un eufemismo, ya que se parecía más a un pequeño almacén con una mesa, dos sillas, una mininevera y una cafetera, que no tenía ni idea de cómo hacer funcionar.

Había que ir por pasos. Un filtro de papel. Buscó por todo el espacio reducido, pero fue incapaz de encontrar uno. Desesperado, abrió el cubo para el depósito, con la esperanza de que Annabelle pudiera haber dejado ya puesto un filtro limpio antes de marcharse la semana anterior. Aferró el asa de la cafetera y se preguntó cuándo habían pasado a tener esos conos de plástico en vez de los robustos filtros de papel.

Vertió lo que consideró café molido suficiente, volvió a colocar la cafetera en su pedestal y activó el interruptor. Observó mientras el café caía en la jarra.

Al percibir el rico aroma, se relajó. Olía como debía oler el café. ¿Por qué se preocupaba? Había preparado café muchas veces.

Como mínimo, una.

La puerta delantera se abrió y cerró. Se dijo que tenía que tratarse de Annabelle. Bien. Quizá ya pudiera ponerse a trabajar. Sacó dos tazas y sirvió el café. Nunca antes le había preparado café a Annabelle. Pero parecía lo correcto. Había dado dos pasos cuando se detuvo.

¿Qué era ese sonido?

¿Alguien tarareaba desde la oficina? ¿Annabelle estaba tarareando? Nunca lo hacía. Era… ¿qué palabra emplear? Más bien dulce. Le gustó.

Era obvio que estaba de buen humor, que se sentía mejor. Algo que le había preocupado cuando el viernes pidió el día libre. Después de la fusión, podría contratar más personal para que la aliviara en el trabajo. Con un poco de suerte, nunca más andaría tan escaso de personal.

Observó fascinado mientras se quitaba una chaqueta rosa y la apoyaba en el respaldo de su sillón. El rosa le sentaba de maravilla.

Movió la cabeza para desterrar esos pensamientos extraños. Sin duda quedaría espantada si supiera lo que estaba pensando.

Al inclinarse para acomodar una planta pequeña que había traído, un mechón de su largo cabello castaño le cayó sobre el rostro.

—Tiene el pelo rizado —comentó él.

Annabelle alzó la vista y esbozó una sonrisa cálida. Hasta ese momento, Wagner tampoco había notado lo dulces que eran sus labios.

—¿Qué? —preguntó ella con expresión perdida.

Él señaló con la taza de café.

—Su pelo. No había notado lo ondulado que es.

Annabelle sonrió fugazmente y se lo acomodó detrás de las orejas.

—Es natural. Nunca me ha gustado mucho, pero esta mañana, por algún motivo, me apeteció llevarlo suelto.

Antes de poder emitir otro comentario estúpido, dejó la taza que le había llevado sobre su mesa.

—No la vi en su mesa cuando vine. No recuerdo la última vez que llegó tarde.

—Jamás he llegado tarde.

Él reflexionó unos momentos.

–Ahora que lo pienso, tiene razón.

No dijo nada. De hecho, permaneció sentada mirándole la corbata. Él bajó la vista. La seda negra no mostraba nada.

–Necesito que envíe unos faxes del fichero Marsh y, por favor, páseme la agenda para hoy –pidió antes de marcharse.

–No.

Se detuvo a mitad de camino de la puerta de su oficina y se dio la vuelta.

–¿Perdone?

–No lo creo.

–¿Qué? –inquirió.

–¿Sabe?, no le iría mal un poco de color.

–¿Qué? –repitió, sintiéndose como un idiota.

–En su guardarropa. Un poco de rojo o quizá de azul, a juego con sus ojos.

–Annabelle, ¿se encuentra mal? No puedo permitirme el lujo de que esté enferma en este momento, no con la gran fusión y las pruebas de las baterías solares.

–No, de hecho, me siento de maravilla. Hacía tiempo que no dormía como anoche. Me siento realmente descansada.

–Bien –señaló el ordenador de ella. Aún no lo había encendido–. ¿Va a abrir el fichero Marsh?

–Ya le he dicho que no. Hoy no me apetece trabajar.

Wagner luchó contra la confusión que lo invadía. Annabelle había dicho que no, pero lo había hecho con una sonrisa que le impulsó a pensar que sabotear el trabajo del día era algo tan impresionante como el invento del fax. Casi tuvo ganas de darle la razón.

Fusión. Trabajo. Café.

—Annabelle, insisto en que vaya al médico. Váyase. Ahora mismo. De hecho, no vuelva hasta que no disponga de alguna prescripción médica.

Una expresión rara apareció en los ojos de ella al ponerse de pie. Una mirada que nunca había visto en esas profundidades. Lo agarró de la corbata y lo atrajo hacia ella. Desprevenido, apoyó las manos en la superficie de su mesa.

Su aliento le abanicó la mejilla. Plantó con firmeza sus labios en los de él, y lo besó.

Durante un momento, la sorpresa le impidió moverse. Pero entonces el cerebro registró la suavidad de sus labios, la manifiesta sensualidad de su perfume, el leve contacto de sus pechos contra su torso. El sabor de algo dulce en su boca. Cuando ella lo soltó, le recorrió un deseo largo tiempo olvidado.

La sujetó con delicadeza por los hombros y la acercó.

Ella sonrió cuando los labios de Wagner se aproximaron a los suyos.

—Dimito.

Capítulo Tres

–¿Qué?

Wagner mostró una expresión tan adorablemente confusa, que casi quiso volver a besarlo. Casi. Belle estaba divirtiéndose demasiado con su desconcierto.

Belle.

Antes de que arrestaran a su padre, la gente la llamaba así. Katie aún lo hacía; le gustaba. En ese momento, se sentía tan despreocupada y divertida. Como había sido antes.

Nunca había visto a Wagner perplejo. En ese momento, parecía completamente desconcertado.

Resultaba encantador.

Todavía sentía la impresión de sus labios, fuertes y perfectos, sobre los de ella. Su fuerza controlada. Estaba a la altura de la fantasía. Quería besarlo durante años.

Vio que movía los labios. Que formaba palabras. Carraspeó.

–¿Decías algo?

–¿También te cuesta concentrarte? Esto es grave.

Ella agitó una mano.

–No, no, no. Estoy bien. ¿Quieres que termine el día o recojo mis cosas ahora?

Por la cara de él pasó una expresión peculiar, como si por un momento contemplara un mundo sin ella y no le gustara. En el corazón de Annabelle se formó una pequeña esperanza, que no tardó en morir. Era Wagner Acrom. Lo más probable era que imaginara una oficina sin ella. Y a juzgar por el comportamiento de la mañana, en esa situación no se arreglaba bien.

Bien. Era hora de que se enterara.

Los músculos de la cara de Wagner se relajaron y recuperó su habitual expresión neutral.

—No hablas en serio acerca de irte. Deliras.

—Bueno, no puede decirse que fuera porque ese beso me arrollara —se obligó a mostrar un leve bostezo—. De hecho, podría ir a echarme un rato ahora mismo.

Él entrecerró los ojos.

—¿Estás diciendo que le pasa algo a mi forma de besar? —preguntó casi con un gruñido.

—Bueno, debes reconocer que fue un poco rígida.

Wagner se ajustó la corbata. Ella nunca había notado ese pequeño tic nervioso.

Lo vio tragar saliva.

—¿Rígida? —demandó.

—Oh, sí, mucho. Quizá deberías probar otra vez.

Wagner carraspeó y miró hacia la puerta.

—Nos adentramos en una zona que me resulta muy incómoda. Hay temas de incorrección sexual y la ley…

—Oh, por favor —gesticuló hacia él—. Como si algún juez pudiera mirarte la corbata y pensar que en esta oficina hay algo más que negocios.

–Recoge tu bolso o lo que sea que necesites. Hora de ir al doctor. De hecho, te llevaré al mío. Vamos –la tomó por el codo con gentileza y firmeza.

Annabelle movió la cabeza.

–Oh, Wag, no voy a ir al médico. Me siento muy bien. Como nunca me he sentido desde… no estoy segura desde cuándo.

Se sentía muy bien cuando estaba cerca de él. Wagner se sentía bien con ella cerca.

Se desprendió de la mano de él y regresó a su sillón.

–Tengo trabajo. He decidido quedarme, al menos hasta que se complete la fusión con Anderson. ¿No tienes algo que quieres que mande por fax? –le recordó.

Wagner no cedió.

–Recoge el bolso, Annabelle. Ahora, o te echaré al hombro y te llevaré en volandas.

Ella lo descartó con un gesto de la mano.

–Vuelve a tu despacho. Vamos, vamos.

Wagner Acrom no era un hombre al que pudieran despedir de esa manera. Era un adicto al trabajo. Un empresario implacable. Peligroso en la sala de juntas. Un negociador asombroso. Pero era evidente que no sabía cómo enfocar esa nueva situación. Pero ella sabía lo que haría. Regresaría a su despacho y trazaría un plan de ataque.

Y pasados unos momentos, eso fue lo que hizo.

***

Annabelle logró contestar el teléfono a la cuarta llamada.

—Acrom Enterprises.

Katie rio.

—Durante un momento, pensé que nadie iba a contestar. Sonó varias veces.

—Bueno, mis días de lanzarme sobre el teléfono se han acabado. En realidad, era algo muy estúpido. ¿Qué diferencia hay entre contestar a la primera o a la quinta llamada?

—Lo siento, creía estar hablando con Annabelle Scott. ¿Está?

Annabelle se reclinó en el sillón y apoyó los pies sobre la mesa.

—Ja, ja. De hecho, no vas a hablar mucho conmigo en este número. Esta mañana le he dicho a Wag que dimitía.

—¿Qué? ¿Por qué?

—Después de tomarme libre el viernes...

El gruñido de Katie la interrumpió.

—Esto suena mal.

—No, fue estupendo. Necesito olvidarme del trabajo de vez en cuando. Tomarme un día libre.

—Es justo lo que dije yo el jueves.

—¿De verdad? No lo recuerdo. ¿Cuándo? —otro gemido consternado—. Katie, ¿te encuentras bien?

—Intento decidirlo. Dime cómo se tomó tu jefe la noticia de tu dimisión —preguntó con tono medido—. ¿Qué hizo?

—Insistió en que fuera al médico, pero con un gesto mandé a Wag a su despacho.

—¿Que hiciste qué? La mitad de la gente de esta

ciudad teme estar cerca de ese hombre. ¿Y de dónde ha salido eso de Wag?

—Es como lo llamo ahora. ¿No te gusta? Lo ablanda un poco, ¿no te parece?

—No, no me lo parece. No hay nada blando en ese hombre. Belle, quedemos para comer juntas. Hay algo de lo que quiero hablarte. Es importante.

—Oh, no puedo. Iré a hacerme la manicura a la hora de la comida.

Katie respiró hondo.

—¿Has pedido hora para la manicura?

—Claro. Pensé que te encantaría. Siempre me estás criticando por mis «uñas cortas y sensatas». Pensaba en algo tendente al rojo mujer fatal.

Katie farfulló algo inaudible y suspiró.

—Entonces, espérame cuando termines de trabajar. De hecho, quizá deberías irte a casa ahora, antes de que causes más daños. Intenta evitar a Wag… a Wagner por completo. Mañana quizá te lo pueda explicar.

De pronto, ya no quiso hablar con Katie, no quiso oír lo que tenía que decirle su mejor amiga.

—He de colgar. Wag me ha dejado encargadas un millón de cosas.

—Creía que habías dimitido.

—Bueno, después del beso, medité un poco más en la decisión tomada. Decididamente, merece otra oportunidad.

—¿Beso? ¿Qué beso?

—Adiós, te veré después del trabajo.

—Espera…

Cortó la comunicación y luego guardó los auriculares en el cajón de su mesa. El eficiente y pequeño artilugio se había convertido en un fastidio. ¿Por qué diablos había pensado que tenía sentido? La mesa quedaba mejor sin ellos. Mmmm. Casi eran las once. Probablemente, debería trabajar un poco. Enviar algún fax.

Al alargar la mano hacia la carpeta de Marsh, que Wagner le había dejado en la mesa, un hormigueo en los dedos le hizo recordar algo importante.

En unos segundos, tecleó la petición en el motor de búsqueda de Internet.

Un rato más tarde, Wag salió del despacho y se dirigió a su escritorio.

—Annabelle, tenía una conferencia a las diez y media con Smith&Dean. Dean acaba de enviarme un correo electrónico para preguntarme qué diablos había pasado.

—¿Lo has olvidado? Te imprimí tu agenda del día. Debería estar en tu bandeja de entrada.

—Siempre la dejas sobre mi mesa. Está ahí cuando llego. Esto no es típico de ti.

Mmm. Era evidente que le había facilitado demasiado las cosas.

—He estado muy ocupada.

—¿Has enviado esos faxes?

—No, pero he tenido una mañana muy productiva.

Una expresión de alivio casi cómico le cruzó la cara.

—Bien.

Ella señaló la pantalla.

–Sí, pasé mucho tiempo en Internet explorando diversos sitios sobre malvaviscos. Incluso el jueves por la noche compré algunos. No terminaba de entender la causa, pero ahora ya lo sé. Simplemente, son deliciosos. Y no te imaginarías las cosas fascinantes que hay acerca de ellos. De hecho –abrió el último cajón de su escritorio y se inclinó. ¿Dónde estaba el paquete?.

Wagner carraspeó.

–He decidido intentarlo otra vez esta mañana.

Alzó la vista y lo miró a los ojos. Otra vez exhibía esa expresión seria. Podía cambiarla con una simple pregunta.

–¿La parte del beso?

Se enderezó la corbata.

–No, no me refiero a eso. ¿Intentas mostrarte difícil adrede?

¿Acaso veía un leve rubor? Bien. Regresó a su búsqueda.

–Annabelle. Deja de hurgar en tu mesa y presta atención. ¿Qué te sucede hoy? ¿Y qué andas buscando?

Ella sacó una bolsa y la plantó en medio de la mesa.

–Esto. No te creerías la diversidad que hay. Malvaviscos recubiertos de azúcar, de chocolate. Hasta que vi estos. ¿No son preciosos? Tan pequeños y de distintos colores. ¿Quieres uno?

–No, no quiero uno. Quiero mi agenda sobre la mesa, mis faxes enviados y a la antigua Annabelle Scott.

–Lo único que tienes que hacer es pedirlo.

Wag relajó la cara.

–Bien. Te lo estoy pidiendo.

–Me pondré con ello. Nada más regresar de mi cita con la manicura –se metió unos malvaviscos en la boca y recogió el bolso–. Adiós.

Dos horas más tarde salía del salón de belleza sintiéndose una mujer nueva. Encontró a Wag esperándola detrás de su escritorio, con los auriculares puestos en la cabeza y mintiendo.

–No, el señor Acrom no está. Ha tenido que irse por una urgencia familiar –apretó unas teclas del teléfono–. Maldita sea, he vuelto a cortarlos.

Ella sonrió.

–No sabía que tuvieras familia.

Wag alzó la vista. Se quitó los auriculares y en el proceso se revolvió el pelo.

–¿Dónde has estado? El teléfono no ha dejado de sonar.

–Bueno, iba a hacerme las uñas, pero al final decidí regalarme un tratamiento completo de belleza. Ya sabes, máscara facial, masaje…

La frustración y la irritación centellearon en su rostro.

–No, no lo sé. Solo sé que llevo dos horas sentado a esta mesa, sin duda perdiendo negocios con cada llamada.

Annabelle rio y le palmeó la mejilla.

–Estoy segura de que no has estado tan mal.

Pasando por detrás de él, le rozó los hombros.

Él se había quitado la chaqueta del traje, algo que casi nunca hacía. Los músculos claramente definidos de la espalda se marcaron bajo la camisa cuando se apartó del camino de Annabelle. Ella contuvo el impulso de tocarlo, pero los labios le ardieron al recordar el beso de la mañana. Ese jugar con fuego parecía tener desventajas. Algunas deliciosas.

—¿Llevas puestas zapatillas? —preguntó él.

Ella bajó la vista a su falda, a las piernas desnudas y a las zapatillas nuevas.

—Las compré justo después del masaje. Estaba tan relajada, que no podía imaginar volver a ponerme tacones.

—Pero ¿y el código de vestimenta de la oficina?

—Oh, ¿no te lo conté? Lo cambié esta mañana. He establecido un vestuario informal para el trabajo. Ya que no solo soy la secretaria administrativa, sino también la directora y la contable de la oficina, tuve una conferencia conmigo misma para establecer esa nueva política. Sé lo mucho que valoras el orden y la eficacia, de modo que he redactado los nuevos procedimientos y los he puesto en la mininevera del cuarto de descanso.

Wag se apoyó en el borde de la mesa, desvanecida su formalidad innata. Hacer algo así se salía fuera de lo normal para él. Admiró el movimiento de los músculos debajo de los pantalones.

—Además, odio las medias. Qué prenda tan irracional. ¿Qué aspecto se supone que deben tener? Como la piel. ¿No te parece ridículo? Yo ya tengo piel. ¿Por qué necesito comprar algo que se parece a la piel para cubrir la piel?

Wag simplemente asintió.

Jamás había imaginado que ser mala y traviesa iba a resultar tan divertido.

–Sí, ¿y qué?

Ella alzó la pierna sobre la mesa.

–Mira mi pierna. No tiene nada mal. Es muy funcional, me lleva adonde necesito ir.

Desde el instituto no se sentía tan audaz y provocativa, antes de que descubriera dolorosamente lo peligrosa que podía ser la impetuosidad que había heredado de su padre.

Él se inclinó y Annabelle contuvo el aliento. No había estado tan cerca de su cara desde la mañana que despertó en su sofá.

Y esa mañana, cuando lo había besado.

En ese momento, por su rostro cruzó la expresión más maravillosa de confusión. Encarnaba la imagen perfecta del desconcierto masculino, desde el pelo revuelto hasta la corbata torcida.

–Vete a casa. Duerme un poco. No vuelvas a la oficina hasta que regrese tu viejo yo.

Ella tragó saliva. Cada terminación nerviosa de su cuerpo se puso a bailar. Todo el deseo y la emoción contenidos que había sentido por ese hombre le exigieron que se pusiera de pie, le diera un beso que jamás olvidaría y luego saliera por la puerta en busca de un hombre que supiera apreciarla.

Ladeó la cabeza y sonrió. Wag entrecerró esos bonitos ojos azules.

Se humedeció los labios mientras los ojos de él bajaban a sus pechos. En la mirada de Wag percibió la evaluación del cazador y tuvo ganas de que esas manos la acariciaran.

Volver a besarlo iba en contra de todas las duras lecciones que había aprendido desde el arresto de su padre y de su lucha contra la impetuosidad. Hasta ese mismo instante, jamás había comprendido todo lo que se perdía de la vida. Pero ya no pensaba perderse nada más. En todo caso, no ese día.

La expectación se mezcló con la impaciencia. Sonriendo, pasó sus nuevas uñas rojas de mujer fatal por el centro de la corbata negra.

–¿De verdad quieres recuperar a la antigua Annabelle Scott?

En los ojos de él ardió un destello perverso.

–¿Si la quiero recuperar? –repitió. Algo en la pregunta, y en el caudal de significados que percibía detrás de ella, lo conmovió–. La antigua Annabelle me gustaba.

–¿Sí? –sonó sorprendida. Bajó la vista un momento y osciló de un pie a otro. Respiró hondo. Luego alzó la cabeza. El brillo travieso retornó–. ¿Te va a gustar esta nueva Annabelle? –preguntó–. A mí, sí. Es mucho más divertida.

Diablos, quizá era él quien necesitaba un médico. O tal vez ese era el modo en que todos los hombres encaraban su perdición. Un deslizar lento y directo hacia la locura. Podía resistir toda clase de tentaciones, pero no el desafío de la señorita Annabelle Scott. Si iba a cometer un error...

La miró a los ojos.

–Eso depende de si vas a volver a agarrarme por la corbata o no.

Capítulo Cuatro

La presa se había convertido en el cazador.

Wagner había decidido jugar.

El deseo le encendió la sangre. Se situó detrás de ella; el calor de su aliento le causó cosquillas en la piel delicada de la nuca, potenciando el deseo.

Su mismo cuerpo era un arsenal contra las defensas de cualquier mujer. Menos mal que no tenía planeado ofrecer resistencia. Sin embargo, se suponía que era ella la que estaba al mando. Un simple beso le devolvería la ventaja.

—¿Vas a agarrarla? Es de seda, pero si debes hacerlo, lo entenderé —indicó Wagner con tono de falso pesar.

Annabelle ladeó la cabeza, indignada.

—¿Agarrarte la corbata? Por supuesto que no. Eso fue el arrebato de esta mañana. Ahora es por la tarde.

Era evidente que no se comportaba como solía. Bueno, no como solía hacerlo desde que dejara atrás el instituto. Esa Annabelle se había centrado en las facturas, en los créditos universitarios y en pagar la deuda contraída de padre con sus tíos. Pero ser la Belle espontánea tenía sus ventajas. Y una iba a ejercitarla en ese momento.

Se ladeó hacia él. Lo agarró con ambas manos por el cinturón, lo atrajo y plantó los labios contra los suyos. Él no necesitó más para deslizar la lengua entre sus labios. A Annabelle le gustó.

El contacto de Wag fue un asalto directo contra sus sentidos. Los labios, firmes pero suaves, le cubrieron la boca. Luego le mordisqueó con delicadeza el labio inferior, succionando la piel sensible. No tardó en tenerla gimiendo.

Las persianas estaban subidas, la puerta sin el cerrojo. Cualquiera podría entrar. ¿A quién le importaba? Le gustaba ser traviesa para él.

Ser perversa resultaba tan delicioso.

Se arqueó hacia él y lo acercó a sí al tiempo que le rodeaba el cuello con los brazos. La lengua de él volvió a recorrerle los labios, instándola a abrir la boca para volver a ofrecerle acceso.

En esa ocasión, Wagner fue cualquier cosa menos rígido. Bueno, lo estaba justo donde importaba.

Sentir la dureza de ese cuerpo contra las curvas más suaves del suyo, le creó un caudal de deseo cálido y húmedo entre las piernas. ¿Por qué alguna vez había pensado que Wagner solo le daría un simple beso?

Por la mañana había desafiado su destreza y en ese instante quería demostrarle algo. Un hombre complejo como él, estaría decidido a recurrir a todos sus trucos para demostrarle lo hábil que era.

Ni siquiera le había dado un beso completo y ya la tenía loca de anhelo. Estar en sus brazos producía una sensación tan buena.

Una oleada deliciosa de sensaciones siguió el sendero que tomó la mano de Wag desde su trasero y por la cadera hasta subirle lentamente por la caja torácica.

No podía respirar.

Los pezones se le contrajeron, anticipando su contacto.

Anhelando las manos de Wag sobre su cuerpo, le irritó la lentitud que exhibía. Se preguntó si sería deliberada, una técnica para incrementar su excitación.

No le importaba. Era la hora de la acción. Tomó la mano de Wag y la llevó a su pecho.

—Tócame aquí —dijo sobre sus labios, con voz entrecortada y hambrienta.

La otra mano la imitó y él se tragó su jadeo de placer mientras le coronaba los senos. Desde luego, no cabía duda de que era un hombre diestro. La besó plenamente, moviendo la lengua contra la suya.

Annabelle metió la rodilla entre sus piernas, acercándolo aún más. Las manos de él le acariciaron los pechos y potenciaron más la frustración que la embargaba.

—Sabes tan bien —gimió él sobre su boca.

Sus palabras la encendieron. Quiso estar más cerca. Lo necesitaba. Piel contra piel.

Durante un momento, su cuerpo sintonizó con las caricias expertas que Wag le daba con las manos, los labios y la lengua. Igual que los planes de negocios que trazaba, no dejaba nada al azar, supervisaba cada detalle. Le daba suficiente suministro para que pidiera más. Cada parte de su cuerpo se convirtió en un objetivo potencial de placer para el único ataque sensual a que la sometía.

El sonido de una llamada seca en la puerta de entrada fue seguido por el movimiento brusco del picaporte. Annabelle quebró el beso y le pasó los labios por la oreja, trazando el contorno de la curva con la lengua. Pensaba soslayar a quienquiera que estuviera llamando. Pensaba soslayar muchas cosas. De hecho, iba a soslayar todo menos su deseo.

Al parecer, Wag iba a hacer lo mismo. La apretó contra él y aplastó de forma placentera sus pechos contra el torso firme, duro y musculoso.

Las primeras notas de la *Quinta sinfonía* de Beethoven indicaron que alguien trataba de localizarla al móvil. Pero eso apenas logró distraer su concentración. Pensaba morderle el lóbulo de la oreja cuando saltó el buzón de voz.

—¡Belle, soy Katie! —el grito de su mejor amiga quedó amortiguado por la puerta—. Abre. Sé que sigues en el trabajo. He visto tu coche en el aparcamiento. Es importante. Llevo todo el día tratando de decirte algo. Si no contestas al teléfono o abres esta puerta, voy a dar por hecho que estás inconsciente y llamaré a la policía.

El teléfono móvil volvió a sonar. Con un suspiro cansado, lo descolgó.

—Katie, estoy viva pero ocupada. No puedo hablar ahora mismo —su voz fue más un suspiro.

—Solo dame un segundo. El jueves por la noche, algo sucedió en la fies…

Volvió a agarrar a Wag por el cinturón y se apartó el teléfono del oído.

–No puedo dedicarte el tiempo ahora. Te llamaré más tarde –cortó y arrojó el aparato sobre el suelo enmoquetado.

No quería oír lo que Katie tenía que decir, pero eso no significaba que tuviera que soltarle el cinturón. Una chica tenía prioridades.

Lo miró a los ojos. Él se adelantó para darle otro beso, pero Annabelle lo esquivó.

–Mucho mejor que esta mañana –le informó. Era hora de cambiar las ventajas a su favor.

La recorrió con la mirada y se demoró en la excitación que vio en sus pechos.

–Basado en tu reacción, yo diría que ha sido mucho mejor.

Apartando una grapadora con el codo, ella se reclinó sobre el escritorio y se apoyó en los brazos. Lo deseaba, pero no se lo podía poner muy fácil.

–¿Qué haces? –preguntó él.

–Esperar que lances el siguiente ataque. Empezaba a acostumbrarme a eso que hacías con las manos.

Él enarcó una ceja.

–¿Se supone que he de perseguirte alrededor de la mesa?

Le dedicó una sonrisa lenta y sexy.

–Vaya, ésa sí que es una fantasía atractiva. Que he tenido varias veces.

El deseo encendido, marcado en la cara de él, de pronto se enfrió mientras retrocedía un paso y se arreglaba la corbata.

–¿Sí? Eso hace que las cosas sean mucho más interesantes.

Sonaba a invitación, pero ¿por qué retrocedía?

–¿Por qué?

–¿Todavía eres mi empleada?

Ella asintió y una oleada de incomodidad le mitigó la pasión.

–Hasta la fusión con Anderson.

–Entonces, nuestras fantasías mutuas seguirán siendo eso: fantasías –se alisó una arruga de la camisa–. Buenas noches, señorita Scott.

Despacio, Annabelle se irguió y se bajó la falda. La puerta se cerró en silencio detrás de Wagner.

Su plan de seducción no tendría que haber salido de esa manera. Estar tumbada en su escritorio, ardiente, mojada, irritada y sola jamás había estado en su mente.

Hablando de mentes, Wagner pensaba demasiado. Ahí radicaba su problema. La próxima vez, no repetiría ese error. La próxima vez, e iba a encargarse de que hubiera una próxima vez, no lo dejaría pensar. Ni parar.

Un momento… ¿él había dicho «mutuas»?

La excitación hizo que le hormiguearan los dedos. Sí. Había dicho mutuas. De modo que el letal señor Wagner Acrom no había sido inmune. De hecho, su erección casi le había producido un moretón en el muslo.

Necesitaba algo dulce. Tomó unos malvaviscos recubiertos.

Su determinación no iba a vacilar.

–Mañana, Wag, esas fantasías se harán realidad.

¿Qué diablos había pasado?

Y lo que era más importante, ¿por qué diablos había besado a Annabelle? Volvió a arreglarse la corbata. Señorita Scott. Pensar en ella como en Annabelle era lo último que necesitaba. Le hacía parecer menos secretaria y más mujer. Una mujer hermosa que le hacía agua la boca.

Se puso de pie. Tenía que concretar una fusión. Todo dependía del éxito que tuviera. Su negocio. Su reputación. Las promesas que le había hecho a su madre junto a la cama del hospital y luego las promesas que se había hecho a sí mismo de estar orgulloso del hombre en que se había convertido.

Pero eso seguía sin contestar la pregunta de por qué había besado a Annabelle.

Era obvio. Esos ojos que eran como una invitación abierta. Aunque, como un idiota, la respuesta no le había resultado tan obvia unas horas antes.

Subió al máximo el aire acondicionado. Luego bajó la ventana. Necesitaba la temperatura inclemente que solo una ráfaga de diciembre podía aportar. O una noche en los brazos dispuestos de una mujer.

Los brazos de Annabelle.

Había calculado mal con la señorita Scott. Algo que no podía permitirse. Despreciaba no poder concentrarse en el objetivo, desear a alguien más de lo que dictaba el sentido común.

Quería una persecución.

Perseguir a la señorita Scott alrededor de la mesa, tirar los ficheros y el teléfono al suelo, luego volverla loca.

Ese beso. La reacción de ella. Valdría la pena repetirlos. Al recordar lo bien que habían encajado esos pechos en sus manos, lo acogedora que había sido la boca de ella, el cuerpo…

Iba a necesitar una ducha fría.

Las fantasías de Annabelle sobre la mesa iban a tener que esperar. Primero estaba la fusión con Anderson. Volvió a maldecir. Le encantaría fusionar algo, pero nada que ver con valores y empresas.

Los intereses personales jamás podían anteponerse a los intereses profesionales. Jamás. Lo único que importaba eran sus objetivos. Fue a la caja fuerte, introdujo los códigos y extrajo la caja que contenía el prototipo de su batería.

Después de apenas unos segundos a la luz tenue de su despacho, la nueva batería solar convirtió y almacenó suficiente energía para alimentar un ordenador portátil durante días. Anderson quería su tecnología de baterías solares de silicona para iluminar y alimentar todas las granjas y hogares remotos. Anderson podía quedarse con su cañón, pero no les permitiría ganar control de su batería de energía.

Esa joya sería suya.

Abrió la caja protectora e inspeccionó ese filón. Estaba tan cerca de cerrar el acuerdo. No solo iba a recuperar su antigua vida de lujo, sino que la superaría.

Pero como no consiguiera una inyección de efectivo pronto, todo se acabaría. Fracasaría... como su padre.

Primero tenía que lograr que todas las piezas encajaran en su sitio. Y la primera pieza era firmar sin ceder los derechos de la batería pequeña.

Al marcharse del hospital, una vez que su madre había muerto, juró que nunca haría pasar a alguien por el infierno en que su padre había situado a la familia. Su madre había perdido todo por lo que había trabajado para apoyar a un hombre cuyos sueños nunca habían dejado de ser solo eso.

Ese día había aprendido algo. Annabelle era el tipo de mujer que exigiría que se fijara en ella. Dentro y fuera del dormitorio. Pero él no lo haría. Su promesa le machacaba el cerebro, recordándole que no buscaría una relación hasta poseer seguridad financiera y recobrar lo que había perdido al dejar el juego corporativo cinco años atrás.

Quería jugar de acuerdo con sus propias reglas, pero en ese momento, sus objetivos y su fu-turo seguían fuera de su alcance. Cualquier mujer, en especial Annabelle, merecía más. Mucho más.

Maldición. Había vuelto a desviar la mirada. Como un idiota, se había felicitado por dejar que se desviara solo una vez hacia los pechos de la señorita Scott. Estaba sentada a pocos metros de distancia, en el despacho de fuera.

Ajustar el termostato para que ella no se enfriara había sido un golpe de ingenio. Pero esos pies descalzos, y el modo loco en que se había pintado las uñas, hacían que se preguntara qué otras cosas atrevidas había debajo de la superficie. ¿Llevaría sujetador? Un simple vistazo a esos pechos apetecibles queriendo asomarse por encima de la blusa de escote bajo le provocaba sudores.

Volvió a maldecir. Era la tercera vez que los ojos se le desviaban hacia esos pechos.

Y pensar que había esperado completar un poco de trabajo ese día. El anterior se había perdido por completo, salvo por el beso.

Y la reacción de Annabelle.

Jamás había besado a una mujer y sentido semejante vínculo, semejante sintonía de deseos.

En cuanto concluyera la fusión, le encontraría a Anna… a la señorita Scott un trabajo nuevo, y entonces el mercado de la seducción quedaría abierto. Y se permitiría todas las fantasías.

Otra vez volvió a preguntarse qué diablos le había pasado. Mentalmente repasó encuentros pasados, las partes en las que no se besaban, en busca de pistas. El picnic. El día del jersey ceñido. Había querido celebrar su graduación.

El codo le resbaló y la punta se quebró en el extremo de metal de su bolígrafo mecánico.

Annabelle estaba sembrando el caos con sus planes de negocios al tiempo que le daba una lección de oferta y demanda. Había plantado esa imagen de él persiguiéndola alrededor de la mesa. Y siendo atrapada.

Desde luego, parecía preparada para correr.

Junto a sus pies, había un par de zapatos muy poco prácticos. Si es que se podía llamar zapatos a una suela con tacón y dos tiras finas de cuero.

Por otro lado, invocaba imágenes de Annabelle vestida de cuero, quitándoselo despacio.

Se le encendió la sangre.

Volvía a fastidiarla.

Ella se giró para mirarlo. Esbozaba una sonrisa secreta que le transmitía que lo había sorprendido mirándola fijamente. Los dedos finos se acariciaron la pantorrilla tal como lo haría un amante. Siguió cada uno de sus movimientos mientras se acariciaba el pie.

–¿Te gusta? –preguntó.

«Oh, sí».

–Se llama Persuasión –añadió ella.

–¿Qué?

Movió los tentadores y pequeños dedos de los pies en su dirección.

–Mi laca para las uñas. Se llama Persuasión.

–¿Qué me dices de las rayas?

–Es una técnica que me enseñó una de mis amigas. Dice que nunca falla en captar la atención de un hombre.

Esa amiga era peligrosa.

–Me dio algunas pistas más sobre cómo poner de rodillas a un hombre –indicó Annabelle.

Bajó los pies a la moqueta y caminó descalza hacia él. En silencio. Lenta y sensualmente, como una tigresa al acecho.

–Ann… señorita Scott, no dispongo de tiempo para charlar, tengo trabajo que terminar.

Ella se apoyó contra el marco de la puerta, con un pie de uñas rojas con rayas rosadas cruzando el umbral y jugando sobre la moqueta. La falda que llevaba tenía volantes en el bajo.

Que fácil sería ponerse de pie, ir hacia ella y tomarla en brazos. Descubrir con los dedos y la boca si llevaba o no sujetador. Eliminar la necesidad ardiente de hacerla suya.

—Todo trabajo y nada de juego hace que Wag sea un chico aburrido.

¿Aburrido? Tenía una erección que podría atravesar acero.

—Yo, eh, necesito más tiempo a solas.

—Te cerraré la puerta, pero primero pretendo introducir un poco de juego en tu vida.

Tenía que sacarla de ahí. Pero la necesidad de conocer cuáles eran sus planes lo paralizó.

—¿Y cómo piensas hacerlo?

Los dedos de Annabelle jugaron con la tela recogida de su falda, alzándola unos centímetros. Justo para tentar.

—Haciéndote saber que no llevo braguitas. No te olvides de que he reprogramado tu reunión con Smith y Dean para dentro de una hora —soltó los volantes y le guiñó un ojo antes de cerrar la puerta a su espalda.

Estuvo a punto de correr tras ella, pero lo único que hizo fue moverse incómodo en el sillón.

Maldición. Smith y Dean en una hora. ¿Cómo iba a poder ir de duro cuando estaba tan...?

Se inclinó, recogió los papeles y los metió en el maletín. Iría andando hasta la oficina de Dean y Smith. A paso rápido podría agotar su libido.

Se enderezó la corbata y salió del despacho, donde de inmediato vio a su secretaria con las piernas extendidas y cruzadas.

La señorita Scott tenía unas piernas magníficas. Su vista siguió la línea del cuerpo. Todo magnífico.

—Por favor, llama a Smith y Dean y comunícales que voy para allá.

—Encantada de complacerte —afirmó, descruzando las piernas.

Maldijo otra vez. Iba a tener que ir corriendo a la oficina de Smith y Dean para sudar un poco y enfriarse.

Asintió, salió al ascensor y lo llamó. Ojalá fuera tan fácil. Cuando regresara de la reunión, iban a mantener un cara a cara en el que, sencillamente, le perfilaría los términos para una conducta apropiada en la oficina.

Decidido eso, se obligó a no pensar en Annabelle por el momento. Debía prepararse para el torbellino que se avecinaba. Argus Smith y Raymond Dean eran el presidente y el jefe de operaciones del Grupo Anderson, dos de los hombres de negocios más despreciables con los que alguna vez había tratado.

Al que más detestaba era a Smith. Este había tenido el placer de rechazar una y otra vez a su padre para invertir capital. Aunque tenía que reconocerle al viejo mucha astucia. Había sabido esperar. Y en ese momento, con poco más que calderilla, obtendría acceso a las patentes Acrom que había tratado de arrebatarle a su padre.

Le había reportado una inmensa satisfacción haber superado a Smith años atrás. El primer *holding* que le había arrebatado a un confiado consejo de administración había pertenecido a Smith. Aunque había resultado una satisfacción pequeña a cambio de que Smith rompiera una y otra vez el corazón y los sueños de su padre. Y de su madre.

Wagner no tenía todos los ases en esa partida, pero aún podía jugar el que tenía. Y saber echar faroles era una parte esencial del juego.

Después de presentarse ante el escritorio de la secretaria administrativa, esta lo condujo a la sala de conferencias vacía. Un truco de negociación que él mismo había empleado para poner nerviosos a los competidores, a medida que aumentaba la ansiedad cuanto más los hacía esperar.

Salas de conferencias, de reuniones… ahí sí que se sentía cómodo. No como en su propio despacho en el otro extremo de la ciudad.

Diez minutos más tarde llegaron Smith y Dean. Se estrecharon las manos y se sentaron a la mesa. Después de declinar el café que le ofrecieron, la secretaria se marchó y cerró las puertas.

Delante de ellos había unas carpetas blancas. Frente a Wagner, había una carpeta adicional ante un sillón vacío.

Con un gesto de la ceja indicó la carpeta.

–Alguien se va a reunir con nosotros más tarde –explicó Smith con tono evasivo.

Se sintió irritado. Tramaba algo. Wagner se preparó para lo que pudiera ser, cerciorándose de ofrecer una imagen ecuánime. Fue el último en abrir el folleto informativo.

Quince minutos más tarde, Dean le entregó un cigarro.

—Es agradable tenerte a bordo de Anderson, Wagner. Casi.

¿Casi? Iban a dar marcha atrás. ¿De dónde diablos había salido eso? Se guardó el cigarro en el bolsillo de la chaqueta.

—Acrom Enterprises será un activo para la familia Anderson.

—Con la excepción de que has estado financiando tu nuevo negocio principalmente con un incremento de su deuda —intervino Smith.

Contuvo el deseo de responderles como se merecían pero, a cambio, les dedicó una sonrisa cortés. Aún faltaba algo. Conocía los signos. Alzó la copa.

—Y ahora tu dinero, Smith. De un modo similar a como financié mi primera adquisición de... una de tus empresas, ¿no?

Smith entrecerró los ojos, pero rio de todos modos antes de beber de su propia medicina. Los dos podían lanzarle sus mejores golpes, pero no habría resentimiento. No era nada personal solo negocios.

Dean juntó las manos y centró su atención en Wagner.

—¿Cómo piensas gastarte el dinero?

—Oh, tengo algunas ideas. ¿Y vosotros?

Al abrirse la puerta de la sala de conferencias

interrumpió las siguientes palabras de Smith. Este sonrió cuando la secretaria condujo al hombre al interior.

Con un giro pausado de la cabeza, Wagner le prestó atención al recién llegado. Parecía vagamente familiar, pero la comunidad financiera de Oklahoma era pequeña. Rica y poderosa por sus ingresos de petróleo y gas, pero lo bastante pequeña como para reconocer a casi todos sus integrantes.

Smith se aclaró la garganta.

—Te presentamos a Kenny Rhoads.

Rhoads. Ah, era un cabildero con fuertes lazos tanto en la política como en los negocios de Oklahoma. Rhoads no extendió la mano para estrechársela. Tampoco Wagner. De modo que así iba a ser. Se preguntó qué diablos hacía ahí.

Smith se reclinó en el sillón, y su peso hizo que crujiera. Wagner captó las miradas frías que intercambiaron Rhoads y él. Percibió un entusiasmo mayor en Smith. Eso no pintaba bien. El encono que había entre ambos probablemente hacía que ese acuerdo fuera duro de aceptar. Nadie había firmado. Aún podían salir mal un montón de cosas.

—El señor Rhoads se ha unido a nosotros como otra parte interesada —expuso finalmente Dean.

Rhoads miró la carpeta que tenía ante él, pero no la abrió.

—Ha conseguido mucho aquí, Acrom. Su reputación está bien ganada.

Wagner guardó silencio. No le gustaba el tipo ni el tono que empleaba, pero mantuvo la expresión neutral. «No reveles nada». Una lección que su padre jamás había aprendido.

Rhoads exhibió una sonrisa sarcástica.

—Pero el acuerdo se cancela si la Cámara de Representantes no aprueba el proyecto de ley agrícola pendiente —entrecerró los ojos—. Todo su futuro depende de esa ley.

Wagner se encogió de hombros.

—Esa ley proporcionará millones de dólares a los agricultores del país para invertir en proyectos de energía solar. Esas patentes contienen el poder de hacerlo todo, desde calentar las granjas hasta bombear agua de los pozos.

Wagner sabía que podía ser algo revolucionario no solo para las zonas rurales de los Estados Unidos, sino para todo el mundo.

Finalmente, Rhoads abrió la carpeta que tenía delante, pero en ningún momento la miró.

—Según buenas fuentes, esa ley no irá a ninguna parte.

Miró a Smith y a Dean.

—¿Daréis marcha atrás en nuestro acuerdo si la ley no se aprueba?

Rhoads se adelantó.

—Sin la financiación que proporcionaría esa ley, Anderson asumiría demasiados riesgos desarrollando el producto sin beneficios garantizados.

—Diablos, prácticamente toda empresa nueva comienza sin beneficios garantizados —él había planeado recortar sus beneficios para pagar sus propias ideas. Era un riesgo, pero los negocios funcionaban de esa manera.

Dean simplemente se encogió de hombros.

–Está perfilado en la enmienda que te enviamos hace veinte minutos.

–Yo ya había salido de la oficina –para eliminar su frustración sexual con el fin de concentrarse en esa fusión.

–Sí, tu secretaria lo mencionó.

Y no se habían molestado en ponerlo al corriente de ello a su llegada. Muy astutos.

Miró a Smith y a Dean a los ojos sin mostrar ninguna vacilación.

–Teníamos un acuerdo. Uno bien negociado –dejó que la advertencia que había en sus palabras flotara en el aire.

–Conozco a alguno de sus acreedores –Rhoads no concluyó la amenaza implícita.

Wagner se levantó de un salto.

–Hijo de… –contuvo el resto de sus palabras. Ya conocía el juego de ellos. Habían usado el poder que había detrás de Rhoads para demorar la ley de la que dependía para obtener ingresos. La frustración le tensó los músculos. La ley agrícola era esencial. Había contado con esa legislación. Al retrasarla, Rhoads destruiría la única opción que tenía para salirse con la suya. Sin los enormes beneficios potenciales que propiciaría la ley, se hundiría.

Kenny Rhoads era su sicario.

Smith y Dean debían de haber tenido la oportunidad de estudiar su situación financiera. Se habían dado cuenta de que se hallaba al borde de la bancarrota y habían supuesto que si lo ataban a la ley agrícola, no le quedaría más opción que

70

ceder. Si la ley no se aprobaba de inmediato, no dispondría de dinero para mantener la empresa a flote. Sus acreedores sacrificarían todos sus bienes y valores, las patentes de su padre, las mismas que quería Anderson, por una insignificancia. Entonces, podrían recoger las piezas sin el desembolso de dinero y la necesidad de tratar con Wagner a diario. Y todo sin tener que ensuciarse las manos.

Un buen plan.

—Esa ley condiciona todo. Tus ideas no nos servirán de nada sin la financiación disponible con esa legislación. Si tienes suerte, irá a la Cámara a finales de semana. Aunque lo más probable es que sea a comienzos de la próxima. Hasta entonces, estamos en el limbo.

Había esperado una promesa y un apretón de manos, no amenazas veladas. Al cuerno el limbo. Él haría que esa ley se aprobara.

Rhoads encendió su cigarro.

—Hasta entonces, lo vigilaré.

Wagner se relajó. Ese era su elemento. Anderson quería lo que él tenía, lo que significaba que hasta que no estuviera en bancarrota, era él quien poseía el control. Y ese era el nombre del juego. Querían jugar duro... bueno, pues les demostraría que sabía jugar duro.

Annabelle metió las pruebas de su festín de malvaviscos en el último cajón cuando Wagner cruzó la puerta. Tenía la cara tensa por el sueño y la fatiga. Casi habría sentido pena por él de no haber planeado arrebatarle la última energía que le quedaba en el sofá del despacho.

—Señorita Scott.

Algo había pasado en su reunión con Smith y Dean en Anderson.

—¿Qué ha sucedido?

—Nada que no se pueda contener, pero necesito toda la información que puedas conseguir sobre una ley conjunta entre el Departamento para Pymes y el Ministerio de Agricultura.

—¿Qué está pasando?

—Juego duro. Se está estudiando una ley que destinará dinero a las comunidades agrícolas que implementen fuentes alternativas de energía y a las empresas que desarrollen dichas fuentes.

—¿No son las cosas que Anderson quiere desarrollar con tus patentes?

—Exacto.

—Entonces, ¿dónde está el problema?

—Por lo que he podido deducir de mi reunión de hoy, a instancias de otra parte interesada, algunos representantes del comité han planteado algunas reformas que otros miembros del comité no encuentran de su agrado. La ley se ha visto demorada por la negativa a votar de algunos miembros del congreso. Necesito saber quiénes son esos representantes y qué puedo emplear para conseguir apoyo para el proyecto de ley.

—De inmediato. Doy por hecho que requiere premura —comentó, inclinándose. Wagner asintió, distrayéndose con el escote—. ¿De vuelta al modelo profesional? —inquirió. Se apartó de su sillón y apoyó la cadera en la mesa. La cautela apareció en los ojos de él, pero no se retiró–. ¿Puedo sugerir que consideres el temido enfoque de los dos pinchos? –él enarcó una ceja–. Adquisición.

–¿Por qué me da la impresión de que no te tomas en serio mis preocupaciones empresariales?

Alargó la mano para enderezarle la corbata a Wagner. Eso debería hacer que se sintiera más cómodo.

–Oh, me tomo esto muy en serio. Tú me enseñaste todo lo que hay que saber acerca de la oferta y la demanda. Quizá es hora de que crees un poco de demanda.

–Gracias, señorita Scott, tomaré eso en consideración.

Se fue disparado a su despacho. Se preguntó si la conversación que acababan de mantener había tenido algo que ver con el negocio.

Demanda.

La señorita Scott creaba mucha demanda. Seguro que conocía el plan a la perfección, aunque no creía que se lo hubiera enseñado él. Ella misma había creado su demanda. Y también mantenía la oferta.

Pero también tenía razón.

Muy bien, quizá su plan profesional necesitaba una revisión. Quizá pudiera conseguir la fusión y también a Annabelle. El enfoque de los dos pinchos. Negocios y diversión. No le habría producido ningún resquemor cinco años atrás. Pero en ese momento le causaba cierto hormigueo de culpabilidad.

Annabelle y la frustración que ella provocaba le tenían las entrañas atenazadas. No era capaz de pensar con claridad. No era capaz de dirigir su negocio. Había llegado preocupado por la ley, los acreedores y la fusión, y en ese instante solo pensaba en fusiones de otro tipo.

Se le endureció el cuerpo.

Si no hacía pronto algo con ella, perdería la cabeza y la empresa. Y ya no sabía qué era más importante.

¿Qué diablos había pasado con el juramento de que era un hijo de perra de primera y jamás se involucraba con mujeres que no supieran las reglas del juego?

Al parecer, Annabelle había aprendido algunas cosas.

«Concéntrate».

«Identifica al enemigo».

Smith y Dean únicamente buscaban el máximo beneficio al precio más barato posible. No era nada personal. Pero Kenny Rhoads… ese hombre era un tiburón. El nombre zumbaba en su cabeza. El zumbido se intensificó al entrar en la oficina y ser recibido por una sonrisa y una invitación de Annabelle. Y no había querido que ella supiera el nombre. ¿Por qué?

Giró en el sillón y abrió el cajón de los ficheros de su mesa. Dentro encontró la carpeta personal de Annabelle. Estudió las páginas hasta que encontró la información que buscaba. Satisfecho de que su instinto no se había equivocado, volvió a guardar la carpeta.

Aprovecharía la oportunidad de confrontar el pasado mientras preparaba ese acuerdo. Tenía demonios, y no todos propios, que exorcizar. Agradecía la oportunidad. Antes de que hubiera terminado la operación, Annabelle quizá tuviera que enfrentarse al pasado que le había dejado su padre.

Le recorrió algo extraño, fortaleciendo su determinación. ¿Cuál era la palabra precisa para eso? ¿Protección?

No. Debía haber otra. Encima, empezaba a perder la habilidad de formar pensamientos coherentes.

Los rotuladores rojos, los contratos y la protección de las patentes no parecían tan importantes como perseguirla a ella alrededor de la mesa. Oferta y demanda.

La deseaba. ¿Más que a esa condenada fusión?

Quizá había llegado la hora de averiguarlo. Se enderezó la corbata y apretó la tecla del teléfono interior. Sí, oferta y demanda.

–¿Sí?

–Señorita Scott. Annabelle… te necesito.

Capítulo Cinco

Un escalofrío de deseo le recorrió todo el cuerpo, delicioso, perverso, embriagador. ¿Cuánto tiempo había estado esperando que Wag dijera esas palabras?

Bueno, cuatro años, pero ese día había estado esperando al menos cinco minutos. Ya sabía que el truco de no llevar braguitas funcionaba. Un hombre era incapaz de mantener la mente en cualquier otra cosa sabiendo pero sin ver. Pero debía reconocer que Wag había durado más de lo previsto, verdadera prueba de su increíble fuerza de voluntad.

Recogió el cuaderno de notas; así podía fingir que creía que la había llamado para trabajar.

Llamó a la puerta y, sin aguardar una respuesta, giró el pomo.

Los ojos azules de él la quemaron al observar cada paso que daba.

Wagner supo que era su perdición.

Los pezones de Annabelle se contrajeron contra la suavidad de la blusa de algodón y adquirieron una pesadez que antes no tenían.

Se pasó el pie por la pantorrilla, fuerte y osada por la satisfacción de ver la mirada que se detenía en sus pies antes de subir por sus piernas. Y continuaba por el camino que ella había iniciado, incluso más allá de donde se había detenido.

–¿Para qué me necesitabas? –inquirió con voz ronca y seductora. Se pasó un malvavisco por el labio inferior–. Estaba comiendo un malvavisco –acarició el sabroso bocado con la punta de la lengua y lo vio contener el aliento–. ¿Te apetece uno?

Wagner movió la cabeza.

–¿Quizá querías un café?

–No quiero café –gruñó él.

Entre ellos se asentó un silencio tenso, preludio de lo que ambos tenían que saber que era inevitable. Wag sería suyo. Pero primero tenía que compensarla por tantos años de soslayar su sensualidad.

Fue contoneándose hacia el escritorio.

–Tengo que hacerte una confesión –se paró junto a él–. Mi laca de uñas en realidad no se llama Persuasión. Lo dije solo para que olvidaras tus modales.

Él tragó saliva y bajó la vista por sus piernas desnudas hasta llegar a los pies.

–¿Cómo se llama?

Annabelle se encogió de hombros al tiempo que se sentaba en el borde de la mesa; la falda se le subió.

–Oh, algo aburrido. Rojo Bombero.

Colocando los pies en los reposabrazos de su sillón, lo empujó hacia atrás. Los músculos poderosos debajo de la chaqueta se tensaron. Qué ganas tenía de darse un atracón visual con ese cuerpo.

–No parece muy tentador.

–Cierto. Pero ¿y si hiciera algo así? –primero, movió los dedos de los pies en su dirección, luego trazó la extensión de la pierna de Wag con el pie, acercándose a su cremallera–. Quizá debería sugerirles a los fabricantes el nuevo nombre que yo le he puesto. Podría aumentar las ventas. Tú me enseñaste todo sobre la oferta y la demanda.

Él cerró las manos; después, las aflojó.

–Diría que es hora de apagar las llamas.

Con un arrebato de frustración sexual y fuerza masculinas, la sentó en su regazo. Aterrizó contra el muro de su pecho.

Annabelle notó que sus ojos estaban llenos de fuego y determinación. Se había acostumbrado tanto a que Wag mantuviera el control, que había olvidado su fama de tiburón intimidador y calculador. Un hombre de poder y fuerza.

Era inevitable que perdiera el control.

Se acurrucó contra él. Sintió la firmeza de ese cuerpo poderoso pegado contra sus puntos más sensibles. Arqueó las caderas, enmarcándolo con su cuerpo. El gemido que recibió era un sonido que anhelaba provocarle una y otra vez.

Ya no quería verlo de ninguna otra manera. Quería al verdadero Wag, con el cuerpo tenso con un poder natural.

Los dedos de él le acariciaron la piel por encima de la rodilla. Tenía que averiguar por sí mismo si llevaba puestas braguitas. Los dedos curiosos se encontraron con el bajo de la falda y le frotó el delicado material contra los muslos.

—Te quiero desnuda, Annabelle.

A ella le costó respirar. De verdad iba a suceder. Después de tantos años de deseo y frustración contenidos, finalmente iba a hacer el amor con Wagner Acrom.

Un momento. Él volvía a tomar el control cuando ese era su espectáculo. Quería que durara. Tenía que compensar cuatro años. Los dos tenían que satisfacer la fantasía del escritorio.

Se levantó de su regazo y lo miró a los ojos.

—Mmm, tendente a la espontaneidad, señor Acrom. Sé que le gusta cazar. ¿Por qué no dejo que me persiga alrededor de su mesa y, cuando me alcance, le quito una prenda?

Se puso de pie junto a ella y la miró desde arriba. Le sonrió.

—¿No debería ser yo quien te quitara la ropa?

Ella rio con ganas.

—No permitas que te lo impida.

Con un ligero empujón de hombros, se alejó. Riendo, fue hacia el otro extremo de la mesa.

Como los peligrosos tornados que asolaban las praderas de Oklahoma, los ojos de él se oscurecieron como las nubes tormentosas. Pareció el hombre implacable que había afirmado ser hacía una hora. Tembló por el deseo, le encantó ese elemento peligroso que al fin se asomaba a través de esa fachada tan civilizada que se había impuesto y saber que era ella quien ayudaba a derribar esa barrera.

Avanzó hacia ella con pasos lentos y deliberados, como un tigre al acecho, todo él fluidez. En ningún momento dejó de mirarla. No le permitió apartar la vista. Aunque tampoco quería hacerlo. Dio un paso atrás, pero él la siguió, hasta que solo los separaron milímetros.

Su mano, gentil y firme, le rodeó el brazo.

—Te pillé.

Annabelle se humedeció los labios y le posó las manos en los hombros.

—Sí, pero yo también te pillé —le bajó la fina lana de la chaqueta del traje, que cayó al suelo—. ¿Vas a recogerla y a colocarla con pulcritud en el respaldo de tu sillón?

Wag no dijo una palabra. Con levedad, le tocó con las yemas de los dedos los brazos hasta los hombros, poniéndole la piel de gallina.

No dijo nada mientras la mano se deslizaba por debajo del material sedoso de la blusa.

Su piel anheló el contacto.

Y tampoco dijo nada cuando unos momentos más tarde las bajó.

—¿Vas a perseguirme otra vez? —preguntó ella.

Wag movió la cabeza. Le tomó las manos y llevó los dedos finos hacia los botones de su camisa. Luego, con las manos de ella bajo las suyas, tiró de la camisa e hizo que los botones salieran volando.

—Los juegos se han acabado —gruñó sobre sus labios.

Sí, los juegos se habían terminado. Era hora de encarar asuntos serios. Wagner Acrom debía entender plenamente ese concepto.

Sacó la camisa de la cintura de los pantalones y luego pasó las manos por el algodón suave de la camiseta hasta que sintió su piel. Le acarició los abdominales tensos y despacio subió hasta el torso.

Era tan agradable. No quería dejar de tocarlo. Pero tenía que acercarse más. Tenía que eliminar esa barrera. Ya.

Le agarró el bajo de la camiseta y se la sacó por la cabeza. Tenía que ver al mismo tiempo que sentir la piel ardiente que acababa de exponer. Su visión le llenó el cuerpo de sensaciones salvajes.

La frustración creada por la barrera que representaba la ropa de ambos le encendió la sangre.

Con alivio, sintió los dedos largos de él en la parte superior de su falda. Despacio, le soltó el botón perlado. El aire fresco de la oficina no hizo nada para mitigar el calor de su piel. ¿Por qué tardaba tanto? Gimió cuando los labios de él encontraron ese punto sensible en la base de su cuello.

Se arqueó hacia él, instándolo a continuar. Finalmente, acabó con el último botón. Con un movimiento rápido de los hombros, Annabelle tiró la blusa al rincón de la mesa.

La mano y la boca descendieron hacia la piel que acababa de desnudar. La deseaba con la misma desesperación que ella a él.

La boca caliente y húmeda de Wag en su pecho le causó un escalofrío. Era demasiado e insuficiente al mismo tiempo. Se arqueó para ir al encuentro de sus manos y labios, elevando el cuerpo de la superficie fresca del escritorio.

—Larguémonos de aquí —musitó él.

—¿Adónde? —el calor de su aliento la excitó más.

—No me importa. Espera. No en mi casa.

Con la blusa en el suelo, la falda subida hasta la cintura, el cuerpo palpitándole con un deseo descarnado, lo buscó. El bulto debajo de los pantalones le creó una oleada de calor entre las piernas.

Wagner Acrom la deseaba intensamente.

Quería marcharse. ¿Estaba loco? Moviendo la cabeza, le agarró una mano.

—Aquí. Nos quedamos aquí —su voz le sonó ronca, lujuriosa a sus propios oídos. Le encantó la sensación y se preguntó por qué no se había atrevido a seducirlo hacía mucho tiempo.

—¿Aquí? —preguntó él.

Aferrándolo por los hombros, bajó de la mesa y aterrizó en el regazo de Wag. Los ojos de él estaban clavados en la oscilación de sus pechos.

—Tienes unos pechos asombrosos. No he sido capaz de pensar en nada más.

—Muéstrame lo que querías hacer —instó. Los pezones se le endurecieron por la expectación. Quería sentir sus manos en el cuerpo.

Le coronó los pechos con ambas manos, sin poder contenerlos del todo. Ella cerró los ojos y se arqueó. Los dedos le aguijoneaban el cuerpo con lanzas de deseo.

No lo creía posible, pero el bulto acunado entre sus piernas se volvió más grande. Y duro. Tocaba todos los puntos sensibles entre sus muslos. Se meció contra él.

—Annabelle, me estás matando.

Perfecto.

Le sonrió.

—Aún ni siquiera he empezado —meciéndose

otra vez contra él, se echó para atrás y con rapidez le desabrochó el cinturón. Un botón y una cremallera eran lo único que le impedían tocarlo. Aferrarlo. Acariciarlo. Probarlo.

Pero solo frotó la mano sobre la cremallera cerrada. Wag emitió un gemido profundo.

—¿Te gusta esto? —repitió el movimiento.

Wagner tragó saliva.

—Sí.

Annabelle se puso de rodillas y agarró la cremallera con los dientes. Él gimió con cada milímetro que bajaba y los músculos del estómago se le tensaron. Una tortura lenta. Perfecto.

Llevaba unos calzoncillos de seda negra. Un toque de travesura carnal. La erección tensaba el material. Empujaba hacia ella.

Le bajó más los pantalones, besándole la piel sensible del interior del muslo.

—Dime lo que quieres —preguntó con una mezcla de juego y lujuria.

—A ti —gimió.

—¿Dónde? ¿Aquí? ¿O en el sofá? —con suavidad, le posó una mano sobre la tela abultada y sonrió al verlo sobresaltarse.

—En el sofá, no. Aquí —suspiró—. Aquí mismo.

—Dímelo. Dime que quieres mi boca en tu cuerpo.

El silencio se extendió entre ellos.

Con un súbito estallido de movimiento, Wagner la colocó a su lado en la mesa y luego la cubrió con su cuerpo grande.

—No hasta que lo hagas tú.

Sus manos la tocaron por doquier. Estaba frenético. Le acarició el brazo, le trazó un sendero por la pierna.

Como continuara de esa manera, quizá fuera ella quien se pusiera a suplicar.

Los dedos se cerraron sobre su centro.

—He estado pensando todo el día en ti. En si me contaste la verdad.

—¿Sobre qué? —logró preguntar después de desterrar parte de la bruma que le nublaba el cerebro.

—En si te dejaste las braguitas en casa —le susurró al oído.

Le provocó un escalofrío que terminó por asentarse entre sus piernas.

—¿Querías que lo hiciera?

Le lamió el lóbulo de la oreja.

—Hay algo muy satisfactorio en bajarle a una mujer las braguitas por las piernas —continuó con el contorno de la oreja—. Como no puedo deslizar mis manos por tu cuerpo, sentir tu piel contra la seda, creo que tendremos que improvisar.

Ella asintió, pensando que la improvisación era estupenda.

—Dímelo, Belle. Dime, ¿qué puedo usar que sea más sensible y delicado que las yemas de mis dedos? —preguntó mientras le mordisqueaba la oreja.

—¿Tus labios? —aventuró. Las palabras de Wagner y las imágenes que evocaban eran casi tan eróticas como su contacto.

Como por propia voluntad, sus caderas se arquearon un poco.

–Ah. Excelente idea –se incorporó y la deslizó por la superficie suave de la mesa.

El aliento húmedo de Wag sobre su rodilla hizo que cerrara los ojos.

Le dio un beso casi en el muslo. Annabelle sintió la humedad cálida de la lengua. Se le contrajo cada músculo, cada átomo de su cuerpo aguardó el siguiente contacto.

Él subió los labios por la parte interior del muslo.

–Tu piel es perfecta.

Se sintió frustrada. Estaba tardando demasiado en descubrir si llevaba braguitas.

Cuando casi llegó a la parte superior del muslo, pasó a la otra pierna. Annabelle gimió decepcionada y arqueó el cuerpo.

Experimentó un alivio por todo el cuerpo ante el contacto delicado del aliento de Wagner, que le encendió la piel que escondía su lugar más secreto. Estaba cerca. Tan cerca. La sujetó por las caderas.

–Ah, no llevas braguitas. Eso me ha estado volviendo loco todo el día.

–Eso se suponía.

–Ahora seré yo quien te vuelva loca a ti.

Entonces, el alivio no existió, solo una sensación poderosa y embriagadora. La lengua se deslizó por la humedad de su cuerpo, haciéndola arder.

–Annabelle…, abre las piernas, te deseo. Necesito estar dentro de ti.

Le agarró de los hombros, grandes y anchos.

–Ahora. Por favor –finalmente, había logrado que también ella suplicara un poco.

–Un detalle más –dijo él, volviendo a sentarse. Con manos firmes, abrió un cajón central y sacó un preservativo.

Annabelle abrió mucho los ojos al tiempo que se reclinaba sobre la mesa.

–Vaya, señor Acrom, nunca antes había visto eso.

–Puedo ser espontáneo.

–Bah, espontáneo. Ya te mostraré yo –y le quitó el preservativo de las manos.

Con un toque ligero, pasó el envoltorio por la piel encendida del torso de él.

–No puedo dejar que te lo pongas –con un movimiento veloz, rompió el celofán y lo tiró al suelo–. Mmm –musitó mientras desenrollaba un poco la protección–. Sé lo mucho que admiras la precisión. Con un poco de esfuerzo, creo que podremos ponerlo de un modo interesante.

Volvió a reclinarse en la mesa, luego soltó el preservativo en la unión de sus pechos.

–Señorita Scott, nunca imaginé cuántas ideas creativas podía tener usted.

–Soy un activo sólido dentro y fuera de la oficina. Y ahora, ven aquí.

El contacto de la piel caliente entre sus pechos la atormentó. La anticipación la quemó y la hizo pensar en el placer que los esperaba.

Despacio, se deslizó sobre ella, hasta que el extremo de su pene tocó el látex del preservativo. Gimió cuando ella se lo desenrolló lentamente por toda su extensión.

–Nunca más volveré a considerar los preservativos como un incordio –con un movimiento veloz, la penetró con fuerza.

Annabelle gimió y alzó aún más las caderas a su encuentro.

Las manos de Wag abandonaron sus caderas y la aferraron por los hombros, acercándola a su pecho. Ella volvió a responderle con igual fuerza.

–Anna… Annabelle, no te muevas contra mí de esa manera. Yo…

Otra vez se movió contra Wagner, pero en esa ocasión con más frenesí. Él gimió y la embistió una y otra vez con movimientos veloces y desiguales.

A ella le encantó. Se aproximó al clímax. Con salvajismo, se frotó contra Wagner, hasta que una descarga le contrajo los músculos y ya no pudo moverse más. Tampoco sentir.

Encima de ella, la respiración de Wagner se tornó entrecortada. Deslizó las manos y las clavó en su bonito y duro trasero.

Con dos embestidas más, la llenó.

Mejor que los malvaviscos.

Mucho mejor.

Capítulo Seis

Ninguna fineza. Wagner apretó los dientes. Había perdido toda sutileza embistiendo a Annabelle como un adolescente ante su primera oportunidad para batear.

Diablos.

Ceñudo, se separó de ella y luego la pegó a su costado. No era tan egoísta. La quería cerca. Annabelle suspiró, un sonido ronco y complacido que flotó sobre su piel como una caricia mientras se pegaba más contra su pecho.

Con ese suspiro, podía volver a ponerse duro.

Momentos antes, había hecho bastante más que suspirar. La manera en que había gemido su nombre mientras temblaba y se retorcía debajo de él…

Se animó. Quizá no lo había estropeado del todo. Tal vez dispusiera de otra oportunidad de demostrarle que era algo más que un revolcón veloz encima del escritorio.

Annabelle frotó la pierna arriba y abajo de su pantorrilla. Algo suave y delicado le hizo cosquillas en la cadera.

La falda. Ni siquiera había terminado de quitarle toda la ropa. La irritación le atravesó el ego. Maldijo para sus adentros. Nada de sutileza.

Aspiró la fragancia de su pelo. Le encantaba el cabello femenino. El cuerpo se le endureció más. Justo lo que querría cualquier mujer, otro revolcón en la mesa con un hombre que acababa de demostrar que era un amante horrible. Tenía que hacer algo. Arreglarlo.

—¿Qué te parece que cenemos juntos esta noche?

Annabelle se apoyó en un codo y lo estudió, con una ligera sonrisa en sus labios plenos. Rojos de tantos besos.

Aún la deseaba. Tenía que estar con ella más y más tiempo.

—Ah. Jamás imaginé que un caballero a la antigua usanza coexistiera con la frenética máquina sexual.

—Yo tampoco. Nada en las últimas veinticuatro horas ha salido según lo planeado.

—¿Es una queja? —preguntó al tiempo que bajaba la mano para acariciarle el estómago.

—Diablos, no.

—Quizá los dos somos un poco más atrevidos de lo que había pensado.

—Nunca pensé que fueras tan espontánea, señorita Scott. ¿Qué te impulsó a ese cambio tan súbito?

Su cara reflejó una expresión extraña y la sonrisa menguó un poco. Luego, moviendo la cabeza, la sonrisa retornó.

—Simplemente, desperté y las cosas tuvieron mucho más sentido —la mano reanudó su trayectoria descendente.

Él tensó los músculos abdominales y le aferró la mano antes de que prosiguiera.

—Iremos a ese nuevo restaurante italiano que hay en Bricktown.

—Aún no he dicho que sí.

—Lo harás.

Un destello excitado bailó en sus ojos y la sonrisa sexy se mostró más ansiosa.

—Oh, me encanta Bricktown.

Se sentó y los pechos le oscilaron de un lado a otro. Fue incapaz de apartar la vista y tardó un momento en respirar.

—Te recogeré a las siete y media.

Contoneándose, Annabelle se acomodó la falda.

—No, nos reuniremos allí en una hora —sugirió ella.

No pudo entender la sensación de decepción al perder la oportunidad de pasar a recogerla como si fuera una cita verdadera. Pero Annabelle había dejado bien claro que no se trataba de una relación. Solo de sexo.

Un sexo estupendo y alucinante.

Pero sexo, al fin y al cabo. Tenía razón ella en definir los términos. Recogerla y escoltarla a casa creaba una nueva serie de complicaciones. No era una cita. Era una… no sabía lo que era, pero no estaba bien.

—Dejaré que te preguntes lo que llevo o no llevo puesto, durante la cena.

La decepción se desvaneció y se puso los pantalones.

–Jamás pensé que podrías bajar una cremallera con los dientes.

–Es complicado, pero con la motivación adecuada... –calló al tiempo que palmeaba la cremallera que cubría su pene duro.

–Me alegra poder ayudar –contuvo un gemido.

–Ah, Wag –dijo con una sonrisa y voz llena de seducción–, ponte una corbata.

Annabelle aparcó el coche en el aparcamiento de Bricktown. Un rápido vistazo al reloj del salpicadero le confirmó que llegaba temprano. Una mujer jamás debía llegar antes que el hombre. Quizá debería llamar a Katie para contarle que iba a ver a Wag.

De pronto anheló algo dulce. Tenía tiempo para disfrutar de unos malvaviscos. Era extraño. Nunca antes le habían gustado tanto, pero en ese momento le gustaban más que el chocolate. Y eso le preocupaba. Quizá debería retocarse el carmín.

Cinco malvaviscos diminutos después, estaba preparada para irse. El aparcamiento se encontraba cerca del campo de béisbol. Dio unos pasos hacia la entrada de la tercera base. Las puertas estaban cerradas, pero el verde claro del campo la atrajo, unido a una compulsión aún más poderosa de correr desnuda por ese campo. ¡Algo muy extraño!

Con un movimiento brusco, apartó las manos de las rejas. Ordenándose no mirar atrás, recorrió la breve distancia que la separaba del restaurante junto a los paseos que había a ambos lados del canal.

Ese día el sol brillaba con fuerza y estaba lo bastante templado como para ir sin abrigo. Muchos conciudadanos aprovechaban el clima tan agradable para disfrutar de la belleza del canal.

El invierno jamás había sido su estación predilecta, pero en ese momento lo veía con algo más que espanto.

El cuerpo le hormigueó y no todo se debía al intenso acto sexual del escritorio. Parte podía achacarlo a las braguitas sin entrepierna que había comprado al salir del trabajo. Cada paso que daba le recordaba que Wag no tardaría en descubrir su última adquisición.

La conexión física que tenían era poderosa. Pero ¿y la emocional? Aminoró el paso. ¿De dónde había salido esa pregunta? No quería ser pragmática en ese momento. Eso era de la vieja Annabelle. Pero esos pensamientos jamás le habían conseguido los labios de Wagner, sus manos febriles, los brazos fuertes que la sostenían contra él.

No, no pensaba examinar lo que sentía hasta la extenuación. Era algo que habría hecho la antigua Annabelle, estudiándolo desde todos los ángulos hasta quitarle la magia.

Ya no. Esa noche sería libre. De la culpa y de la vergüenza de su padre, de las preocupaciones y de la responsabilidad. Sería la persona que habría podido llegar a ser si su padre no la hubiera dejado con un montón de facturas y un escándalo familiar que limpiar.

Con diecisiete años, el futuro se había extendido ante ella, prometedor, brillante. Cerró los ojos y alzó las mejillas hacia el sol, dejando que el calor le sanara el alma maltrecha. No podía localizar qué la había cambiado, qué había despertado otra vez el espíritu que había tenido, pero tampoco iba a cuestionarlo. Esa noche, y mientras experimentara esos maravillosos sentimientos, viviría y disfrutaría.

Era hora de buscar a su hombre.

Lo descubrió entre la gente que comenzaba a congregarse junto al atril de la encargada de distribuir las mesas. Verlo la dejó sin aliento. Esos hombros anchos enfundados en el traje gris marengo, la camisa gris y la corbata gris.

Corbata. Al día siguiente irían a comprar una corbata colorida.

Respiró hondo. Un poco de encaje de las nuevas braguitas le tocó una zona que las habituales solían dejar en paz. Se humedeció los labios. Rezó para que Wag comiera deprisa. Su cuerpo lo anhelaba.

Al verla, él se dirigió a su lado. No la saludó con una sonrisa. De hecho, parecía rodeado por una extraña tensión.

—Pasarán unos diez minutos hasta que haya una mesa lista.

Supo a qué se debía la tensión. El antiguo tiburón financiero podría haber tenido la mesa que le apeteciera. Ese Wagner… no.

Ese Wagner le gustaba más.

Enlazó el brazo con el suyo y notó el movimiento de los músculos del antebrazo bajo las yemas de los dedos.

–Perfecto. Podemos dar un paseo y disfrutar del canal.

Tras un momento de vacilación, la tensión se evaporó de las facciones marcadas y relajó los hombros.

Con Wagner a su lado, siguieron el paseo sinuoso en silencio. La inusual brisa cálida besó el rostro de Annabelle. Junto a ellos, una familia de patos avanzaba en el agua.

–Ojalá tuviéramos un poco de pan –comentó ella.

–¿Por qué? ¿Tan hambrienta estás?

Lo miró de reojo y supo que se burlaba de ella. Eso la entusiasmó. Dudaba de que alguna vez hubiera sido tan bromista como en esos últimos días.

–Es solo para alimentar a los patos, tonto.

Un día, muy parecido a ese, se le vino a la memoria. Alimentaba a los patos, pero en esa ocasión con su padre. Este había sido una encantadora mezcla de irresponsabilidad y persuasión. Un hombre de ideas y hambriento de dinero.

Un hombre muy parecido a Wagner.

Él se detuvo y la tomó de la mano, acercándola con gentileza a él.

–Eres tremenda. Siempre pensando en los demás, incluso en los patos, ¿verdad?

–Pronto volarán al sur. Los hemos engañado con este comienzo tardío del invierno –la camaradería entre ellos menguó. No le gustaba el camino que habían seguido sus pensamientos. Odiaba el pasado. Odiaba cómo su padre le había quitado dinero a la gente confiada con una sonrisa. Ahí era donde acababan las similitudes con Wagner. Este quería hacer algo con sus ideas. Algo más que ganar dinero y engordar los bolsillos de los accionistas.

A partir de ese día, ya no iba a dedicarle ni un pensamiento a su padre. Todo estaba saldado. Ya había enviado su último pago para cubrir las deudas de este.

Bajó la voz hasta un ronroneo seductor.

—Ahora mismo, únicamente pienso en una cosa.

Los ojos de él fueron como los de un hombre hambriento que hubiera descubierto un bufé.

—¿Oh, sí?

—Oh, sí —musitó con un ronroneo más profundo.

Wag sonrió y movió la cabeza.

—¿Annabelle? ¿Qué te ha pasado?

—Tú. Y puedes repetirlo si juegas bien tus cartas. Los diez minutos han pasado y he decidido que tengo hambre, después de todo.

La detuvo y la tomó en brazos, con los ojos clavados en los de ella. Bajó la cabeza y los párpados de Annabelle se cerraron. El beso fue puro calor y pasión. Ella gimió y Wagner la pegó aún más a su cuerpo de forma posesiva.

Pero Annabelle no se quedó pasiva. Le devolvió el beso con la misma intensidad que mostraba él.

Le rodeó el cuello con los brazos y lo pegó a su

cuerpo. La lengua de Wagner jugó sobre sus labios y ella abrió la boca para ofrecerle acceso. Las lenguas se encontraron y enlazaron.

—Piensa en esto durante la cena —comentó al final. Luego, le limpió el carmín de los labios.

—No hay problema —convino, con las mejillas encendidas.

Deseaba tanto el cuerpo de Wagner, que no sabía si lograría aguantar toda la cena sin saltar sobre él. Para su sorpresa, después de que los condujeran a la mesa, establecieron una conversación relajada hasta que llegó la comida.

Mirándolo, pensó que unos años atrás él lo había tenido todo, y en ese momento debía esperar que le dieran una mesa como cualquier mortal. Pero la elección había sido suya y lo admiraba por haberle dado la espalda a la riqueza y el poder.

Pero de pronto era importante para ella conocer la causa.

—Wagner, siempre me he preguntado una cosa.

En los ojos de él brilló algo travieso.

—Tuviste la respuesta esta tarde.

Ella sonrió y sintió calor en el vientre. ¿Quién lo iba a imaginar? Wag tenía sentido del humor.

—Sí, conozco todos tus secretos menos uno. ¿Por qué lo dejaste todo para iniciar tu propia empresa? Ganaste millones, tuviste un gran éxito. La mayoría de la gente no abandonaría eso. No podría.

Por el rostro de él se desbocaron las emociones. Luego, al recobrar el control, la expresión se volvió inescrutable.

No iba a contárselo. La conversación relajada se había terminado. Le había obligado a aislarse de una noche de pura diversión y estropeado la velada. Le soltó la mano y buscó un colín de pan.

Él apretó los labios.

—Fui implacable.

La voz delataba un tono que ella jamás le había oído.

—Recuerdo que en una ocasión el periódico te llamó el Rey de las Opas Hostiles.

—No sabía que supieras tanto de mi pasado.

—Difícil de evitar tal como aparecías en las noticias —Wagner rio, un sonido carente de humor—. ¿Te gustaba? —hasta ese momento, no había sabido lo importante que iba a ser su respuesta.

—Como acabas de decir, gané millones.

Ella enarcó una ceja

—No fue eso lo que te pregunté.

—Parte del tiempo, lo pasé bien. Era como un juego, estimulante y arriesgado. Pero la satisfacción era fugaz y por todos los motivos erróneos. Además, casi todo el dinero era para otra gente.

—¿Cómo te metiste en el negocio? No se parecía en nada a las ideas de tu padre de crear nuevas fuentes de energía.

—La misma historia triste de siempre. Fui un niño pobre. Estoy seguro de que puedes adivinar el resto.

—Conquistaste el mundo para demostrar algo —le gustaba su postura de no pedir disculpas. No vivía en el pasado. Wagner Acrom no era ninguna víctima de las circunstancias. Hacía su propia vida y sus propias reglas–. Pero acabas de decir que fue por todos los motivos erróneos.

–Me convertí en otra rata en la carrera de ratas. Feliz de fastidiar a cualquiera siempre que mis acciones se mantuvieran arriba y mis accionistas contentos.

–Y tú no eres realmente así.

–Quizá es como soy realmente –ella abrió la boca para protestar–. No proyectes ilusiones conmigo, Annabelle. Yo no lo hago. Esta fusión, cuando se produzca, cuando yo la lleve a cabo, me devolverá de nuevo a la cima. Pero en esta ocasión según mis términos.

Sí, hablaba con implacabilidad, pero ella sabía que había algo más bajo la superficie que solo la necesidad de regresar a la cumbre.

–Vaya, qué sorpresa.

La voz desagradable y desdeñosa no podía pertenecer más que a una persona. Giró en la silla y dejó que sus ojos le confirmaran lo que le habían dicho los oídos.

–No agradable, Rhoads. Me pareció ver que te escondías –repuso Wagner con desprecio.

Kenny Rhoads. Atractivo, rico y educado en la creencia de que el dinero de su familia solucionaba cualquier problema.

La última vez que Annabelle lo había visto, había sido en el juicio conjunto contra él y su padre. El mismo en el que a su padre lo habían condenado a ocho años y medio de cárcel y en el que Rhoads había salido libre.

Arthur Scott al principio había sido poco más

que un estafador, pero al unirse a Kenny Rhoads, se había vuelto despiadado.

Bebió un sorbo de agua. Costaba reconocer que la cárcel era el lugar que le correspondía a su padre. Pero era la verdad. Con Kenny en la misma celda. Pero Kenny era una comadreja y se había escabullido con una multa y un pequeño servicio a la comunidad.

Lo observó mientras depositaba el vaso en la mesa.

—¿Sigues robándole a las viudas y a los niños, Kenny? ¿Le has pegado hoy a algún animal pequeño e indefenso?

De pronto, el entusiasmo la animó. Se sentía más fuerte. Unos años atrás, no, unas pocas semanas antes, habría dejado que ese hombre la intimidara. Ya no.

No con Wagner a su lado.

La sonrisa de él se amplió.

—Dejo el robo a la gente como tu padre.

Un golpe bajo de un hombre aún más bajo.

—No olvides que conozco la verdad.

Kenny giró la vista para incluir a Wagner.

—Casi parece una reunión familiar. Acabo de tener una conversación muy interesante con una congresista llamada Taggert.

Annabelle se puso tensa. Era el nombre del principal político que frenaba la ley crucial que Wagner necesitaba para que Anderson siguiera adelante con la fusión.

Observó la interacción de los dos hombres. Wagner era la clase de hombre que Kenny Rhoads despreciaba. Y temía. Hecho a sí mismo y con éxito. Su hombre jamás bajó la vista.

Como no intimidaba a Wagner, Kenny volvió a centrarse en Annabelle.

—¿Cómo está…?

—Ni una palabra más —Wagner se puso de pie al hablar. Despacio.

Kenny retrocedió un paso.

—¿Qué?

—No le digas ni una palabra más a ella.

—¿Me estás amenazando? —tragó saliva, capaz de repartir la angustia que le producía eso y las amenazas que le gustaba proferir, pero incapaz de manejar en persona la adversidad.

Wagner debió percibirlo también, porque volvió a sentarse.

—¿Quién te crees que eres? Eres un peligro para la sociedad tanto como su padre.

La mirada fría de Wagner atravesó a Kenny.

—Soy peligroso porque no tengo nada que perder. Si te interpones en mi camino, te detendré. Y jamás he de volver a verte hablar con la señorita Scott. Jamás.

En la cara roja de Kenny aparecieron unos puntos blancos. Casi tropezó en su prisa por alejarse de ellos. Habría sido risible si Annabelle no supiera que utilizaría esa incomodidad para frenar tanto como pudiera a Acrom Enterprises.

—¿Por qué no me contaste que Kenny Rhoads estaba involucrado? —no sabía si sentirse ofendida o agradecida.

Wagner se bebió su copa de un trago.

–No lo supe hasta la reunión.

–Pero luego te diste cuenta.

Wagner asintió. Jamás mentiría. Otro motivo por el que podía confiar en él.

–Y lo que significaba para ti, para tu familia.

Annabelle tragó saliva. En cierto sentido, había sabido que Wagner debía de ser consciente de la historia de su padre. Lo sabían en todo Oklahoma. El escándalo… Pero jamás había dicho nada, jamás la había juzgado. Era importante que conociera la verdad sobre su padre.

–Acerca de mi padre… tardé un tiempo en comprenderlo, pero no era un soñador al que nadie entendía. Era un delincuente. Le robaba a la gente, y la cárcel… –luchó contra el nudo en la garganta–. La cárcel era el mejor sitio para él.

Wag no dijo nada. Por su rostro no se asomó la sorpresa. Nada cambiaba el modo en que la contemplaba.

Cuando más necesitaba su pericia para investigar, no le había pedido que investigara a Kenny Rhoads. Había sabido lo que Kenny significaba para ella y no se lo había dicho. ¿Por qué?

¿Acaso quería algo más que una tarde divertida?

Lo miró a los ojos en busca de alguna señal. ¿Se atrevía a esperar que Wagner se hubiera enamorado de ella un poco en el transcurso de los años?

Él le devolvió la mirada con expresión reservada.

–El poder y el control son las únicas cosas que me importan.

Una advertencia clara. Qué típico, y otro indicio claro de que era cualquier cosa menos una rata en busca de dos cosas: riqueza e influencia. Bueno, tres. Sexo ardiente. Pero eso se lo había dejado tener. Porque también ella lo quería.

Ya no quería estar ahí. No quería pensar en Kenny Rhoads o en su padre o en los problemas de los últimos años. No quería pensar... solo sentir.

La dominó una lujuria primaria. Se quitó un zapato y le metió los dedos de los pies por debajo del pantalón. Subió por el calcetín hasta que le tocó la piel. Wagner se sentó erguido. Delicioso.

–Poder y control. Oh, cómo dices eso. Es tan excitante –bajó la voz–. Te deseo. Ahora mismo.

Apartó el pie, volvió a calzárselo y se puso de pie.

–¿Adónde vas? –preguntó él.

–Paga la cuenta. Te veré en la oficina. Si tienes suerte, averiguarás qué llevo bajo de la falda.

Capítulo Siete

Después de dejar unos billetes sobre la mesa, la tomó por el brazo.

–Te acompañaré al coche.

Una anticipación urgente hizo que deseara acelerar la subida por las escaleras. Muchos de los coches ya se habían ido.

Se detuvieron ante su coche y él le acarició el labio inferior con gesto provocativo. Annabelle respiró entrecortadamente.

Le besó la punta del dedo pulgar y él gimió. Con tierna fuerza, la pegó contra su pecho y le cubrió la boca con la suya.

Compartió su apetito. Le rodeó el cuello con los brazos y le metió los dedos en el pelo. Wagner la aplastó contra él. Su cuerpo estalló como fuegos artificiales.

El corazón se le aceleró, las rodillas se le aflojaron y la fuerza del deseo casi la mareó.

Las manos de él subieron por su cuerpo y se detuvieron en sus pechos. Annabelle gimió, un sonido bajo y profundo mientras los dedos pulgares le frotaban los pezones.

Wagner apartó los labios y posó la frente contra la suya. La sujetó por los antebrazos y la apartó con suavidad. Pasados unos momentos, dejó caer las manos.

Maldijo para sus adentros.

Era evidente que él había estado pensando otra vez. Y eso nunca era bueno.

Le pondría fin de inmediato. La nueva Annabelle al rescate.

Se apoyó en el coche y le dedicó una sonrisa. No intentó ocultar su excitación.

Wagner jamás había retrocedido ante una pelea. Jamás. Era obvio que la deseaba, pero se contenía. El gemido que emitió le advirtió de que no todo funcionaba según lo planeado.

—Belle, tenemos que hablar.

—¿Has oído cómo me has llamado? —se irguió y el corazón le latió deprisa—. Creo que nunca me has llamado Belle. Muy poco profesional, Wagner. Alargó la mano y le tiró del nudo de la corbata—. Ya que nos estamos mostrando poco profesionales, quizá deberíamos prescindir de esto. Veo fuego en tus ojos.

Los dedos largos de él le aquietaron los suyos.

—Ha sido una cena. Yo no esperaba nada de… —calló y respiró hondo—. Ha sido una noche emocionante. Ver a Rhoads otra vez. No eres tú.

Esas palabras enfriaron la pasión que podía quedar.

Le alzó el mentón y le dio un beso leve en los labios. Se apartó un poco y le besó la punta de la nariz. Luego la frente.

—Buenas noches —susurró.

Durante un instante, sus ojos se encontraron.

Ella leyó promesa en los suyos. La decepción que había sentido se desvaneció.

–Buenas noches –repitió.

Abrió la puerta del coche y Wagner la cerró después de que se hubiera abrochado el cinturón de seguridad. Los dedos le temblaron un poco al meter la llave en el arranque.

Tenía que largarse antes de que abriera la puerta y le exigiera que le hiciera el amor ahí mismo.

La mirada de él no vaciló en ningún momento mientras la observaba alejarse. Con una última despedida de la mano, abandonó el aparcamiento.

Necesitaba un plan nuevo. Al llegar a casa, trazaría el mejor hasta el momento.

–Ve con cuidado, Wagner Acrom. Todavía no has visto nada.

La luz roja del contestador automático brillaba. Apretó la tecla con una impecable uña roja.

–Annabelle, soy Katie. Es extremadamente importante…

Salto.

–Si estás ahí, contesta. Soy Katie, llámame, tengo que decirte una…

Salto.

–¿Dónde estás? Te llamé al tra…

Salto.

–Llámame a…

Algo en su interior le gritaba que se mantuviera alejada de Katie. No sabía por qué. Sin embargo, confiaba en su instinto.

Borró todos los mensajes y se dirigió al cuarto de baño. Un prolongado baño de espuma era justo lo que necesitaba. Hacer el amor en la mesa de trabajo de Wagner podía ser magnífico para el cuerpo, pero era un infierno para la espalda.

Cuando la bañera quedó llena, con un suspiro se hundió entre las espumosas burbujas y pensó que si Katie supiera lo que había hecho con Wagner, se desmayaría.

El solo hecho de recordarlo bastó para que se le desbocara el corazón.

Realmente quería telefonear a su amiga, contárselo todo, pero algo la contenía. ¿Por qué?

«Porque Katie tiene algo que decirte que tú no quieres oír».

Se preguntó de dónde había salido ese pensamiento indignante e irritante. Sonaba como algo que hubiera podido decir unos días atrás. Algo anterior a la fiesta y a su epifanía de no tomarse el trabajo tan en serio.

Se hundió más en el agua. No iba a pensar en ello. En nada. Tenía que encontrar un trabajo nuevo y seducir a un hombre. Experimentó un hormigueo delicioso entre las piernas. Aunque tampoco había sido tan difícil seducirlo.

Wagner realmente necesitaba trabajar, y la ley estaba programada para votarse al día siguiente.

Annabelle Scott quería su cuerpo. Y solo eso. Lo cual no le gustaba nada.

Muy bien, le gustaba un poco.

Diablos, ni sabía cómo se sentía. Debería estar extasiado. ¿Qué hombre no lo estaría? Una mujer, una mujer hermosa y sexy, que al parecer le había estado deseando los últimos años, finalmente tomaba el asunto en sus propias manos. Y también a él.

Se puso duro solo con imaginar las manos de Annabelle en su cuerpo. Y ya la había tenido una vez ese día.

Abrió la puerta de su apartamento y la cerró con el pie. Encendió la luz del techo y no se molestó en mirar hacia el espacio vacío en la pared izquierda.

Su último buen cuadro. Vendido la semana anterior por una necesidad imperiosa de efectivo.

Ese cuadro había sido su primera compra. El primer artículo de valor real que había comprado después de su primer negocio. El que puso su nombre en el mapa.

Un mapa que hacía tiempo se había convertido en cenizas.

Pero que no tardaría en rehacerse.

Fue hacia la mesa de dibujo y estudió el diagrama de la batería solar. Una vez más buscó errores. No los encontró. Sabía que era la definitiva. El diseño era bueno. Energía barata de una fuente gratuita. Eso era lo que estaba destinado a hacer. No a comprar empresas para despiezarlas y vender por separado sus partes.

Recordaba ver a su padre inclinado sobre la mesa de dibujo de la misma manera que él, completando un diseño u otro.

Se preguntó si sería como él.

Odiaba el modo en que su padre había acelerado las cenas para bajar al sótano a trabajar en su «siguiente gran negocio». El tiempo que tendría que haber dedicado a jugar al béisbol, a pescar o a hacer lo que fuera que hicieran los hijos con los padres, jamás se había planteado.

Los únicos recuerdos buenos que tenía de su padre eran las pocas, y atesoradas, invitaciones al sótano de inventor. Después de encender esa misma lámpara, desplegaría los planos y le señalaría algo que iba a hacer rica a su familia.

¿Cuántos años había tenido en la primera invitación? ¿Seis? ¿Siete?

Aquella noche, habían compartido juntos el entusiasmo. El modo en que había imaginado que otros padres se comportaban con sus hijos. Había anhelado esa proximidad.

Su padre había sido un hombre de increíbles subidas y deprimentes bajadas. Cuando las cosas iban bien, su madre sonreía y él la hacía bailar en la cocina al son de una música invisible.

Su madre reiría y él soñaría con una bicicleta. Como la que montaba Jacob Croger.

Y entonces el suelo se abriría. La patente fracasaría y los vacilantes inversores darían marcha atrás. No habría bailes en la cocina. Su madre tendría que conseguir un trabajo nocturno. Después de arroparlo en la cama, se iría para poner artículos en las estanterías de algún supermercado o repartir periódicos para una temprana distribución.

La casa estaría a oscuras y su madre hablaría en voz baja, silenciándolo cuando llegaba de la escuela.

Entonces su padre daría con una idea nueva. El patrón se repetía una y otra vez. Con la salvedad de que las subidas serían cada vez menos y las bajadas siempre más profundas que la anterior.

Ella siempre había sonreído y apoyado a su marido. Hasta que un día la bajada casi había aniquilado su espíritu.

La frustración en aumento de su padre había incrementado la creciente tensión que imperaba en la casa. Poco dinero, un marido y un padre que, en uno de los escasos buenos días, se podía describir como distante y taciturno.

Su padre había muerto persiguiendo el sueño elusivo de la riqueza y el poder. Wagner en una ocasión lo había tenido en la mano. Días de champán y langostas.

Y casi volvía a tenerlo.

La vida para su madre había sido dura. Incluido su padre, había tenido que ocuparse de dos niños, comportándose como madre, padre y sostén económico.

Jamás cargaría a una mujer con esa clase de problemas. Sí, cada vez se parecía más a su padre. Ya había arrastrado a Annabelle a ese tipo de ciclo. En los últimos dos días se podía decir que únicamente había sentido culpa.

Era posible ganar fortunas. Pero se podían perder con igual facilidad.

Y había involucrado a Annabelle, del mismo modo en que su padre había involucrado a toda la familia.

Se sintió disgustado. Se apartó de la mesa de

dibujo, fue al fregadero de la cocina y se echó agua fría en la cara.

No quería ni mirarse en el espejo.

Lo último que deseaba era que Annabelle supiera con cuánta desesperación necesitaba esa fusión. La imposibilidad de ofrecerle algo a una mujer en ese instante.

«Eh, un momento». ¿Cuándo había empezado a pensar en ofrecerle algo más? Ella daba la impresión de querer solo su cuerpo.

Era el hombre más afortunado de la tierra. ¿Por qué se sentía tan vacío?

Hacía tiempo que había aprendido a controlar el vacío. A controlar cada debilidad y centrarse en el objetivo. Así era como había mantenido a su madre, acabado la universidad y llegado a la cima.

Pero ese control férreo lo había eludido desde el lunes.

Apagó la lámpara de la mesa de dibujo y dejó la habitación a oscuras.

«Control».

Capítulo Ocho

Alguien llamaba a la puerta.

No, alguien aporreaba la puerta. Justo cuando había llegado a la parte interesante del libro. Claro que esa escena no podía compararse con la parte buena en el despacho de Wagner.

Los golpes se intensificaron. Gruñó en voz alta, señaló la hoja por la que iba y cerró el libro. Se levantó y se envolvió con una toalla grande.

Fue hasta la puerta. Se puso de puntillas y se asomó por la mirilla. Un Wagner muy cansado estaba apoyado contra el marco. Sin corbata.

Con el corazón desbocado, descorrió el cerrojo y abrió la puerta.

—¿Has cambiado de idea?

La miró de arriba abajo con la toalla. El aire fresco le endurecía los pezones contra el algodón.

Se ruborizó. Pero él también parecía decidido.

—No he venido por eso.

—¿No? —dejó que la toalla bajara un poco.

Él siguió el camino de la toalla, pero de inmediato alzó la vista otra vez. Quiso enderezar una corbata que no estaba ahí.

—Maldita sea, concédeme algo más de mérito.

—Entonces, ¿para qué has venido?

–Invítame a pasar, Annabelle. No quiero decirte esto en el porche de entrada.

Ella abrió más la puerta y con la mano le indicó el sofá.

–Disculpa mis modales. ¿Puedo ofrecerte algo?

Apretó la mandíbula.

–Esto se termina.

Las palabras sonaron duras. Y falsas.

–¿Por qué?

La miró a los ojos.

–No es justo para ti. Yo no voy… Hubo un tiempo en mi vida en que entregarme al sexo por el sexo era corriente. No es algo de lo que ahora me sienta orgulloso. La cuestión es que se trataba de una época diferente en mi vida, cuando…

–¿El dinero, el sexo y el poder estaban al alcance de tu mano?

–Exacto. Y aunque mis circunstancias han cambiado, una cosa no lo ha hecho. No busco ninguna clase de compromiso. Estoy bien solo.

Ya quedaba claro. Wagner le advertía de que no se acercara. Otra vez. Un ejemplo más de su honor. Una razón más por la que resultaba tan fácil amarlo.

–Escucha, Wagner, me parece que has sacado un concepto equivocado. Yo no busco una relación.

–¿No?

Movió la cabeza con énfasis.

–No –mintió.

–¿Por qué no?

Ella quiso reír; Wagner casi parecía ofendido,

pero Annabelle ya había concluido con las palabras.

—Creía que lo había dejado claro. No me interesaba nada más que un poco de sexo. ¿No confías en mí?

Las cosas habían cambiado desde el enfrentamiento en el restaurante. No lo había comprendido hasta ese momento, al oír el pesar en su propia voz. Aquel beso tierno en el coche. Los actos de él demostraban lo profundas y descarnadas que eran sus emociones.

Wagner la sujetó por los hombros.

—No. Maldita sea, porque no confío en mí.

Permaneció en los brazos de él. Dejó que el calor que emanaba penetrara en su cuerpo frío. Durante un momento, se sintió como su antiguo yo. Vulnerable y enamorada de su jefe.

Wagner no confiaba en sí mismo estando con ella. Eso era bueno. Era una confirmación de que para él significaba algo más que un buen rato.

Pero Wagner quería ponerle fin. Experimentó una duda. Quizá ese no era el momento adecuado para un interludio sexual. Quizá simplemente debería aceptar sus palabras. Dejarlo libre para que regresara cuando...

«Sexualmente atrevida».

¿En qué diablos pensaba? No. Hasta hace unos días, Wagner no se había fijado en ella. No volvería atrás. No podía. Ganaría esa batalla.

Pero lo haría llevándole la guerra a él.

Dio un paso atrás y lo miró a los ojos.

—Oh, bien, tu decisión simplifica mucho las

cosas. No tienes que confiar en ti mismo. Solo debes confiar en mí. No pienses. Actúa.

Dejó caer la toalla.

Wagner tragó saliva. Cerró la puerta con el pie sin dejar de mirarla en ningún momento.

Annabelle permaneció un momento quieta antes de darse la vuelta.

—El dormitorio está por aquí —avanzó unos pasos y se detuvo para mirar por encima del hombro—. Te desafío.

Con un gruñido, la tomó en brazos y se la echó al hombro. Riendo, ella clavó las manos en su trasero sexy. Una vez en el dormitorio, la echó sobre la colcha nueva de color púrpura y verde.

—¿Qué voy a hacer contigo? —le preguntó con voz ronca, la boca sobre su cuello.

—Podría ofrecerte algunas sugerencias —lo provocó.

Se puso boca arriba y se apoyó sobre la almohada. Wagner se quitó los zapatos y la camisa. Annabelle pensó que era lo más sexy que había visto jamás: un hombre empujado al límite de su control, cediendo al final. Un momento más tarde, los pantalones cayeron al suelo y se acercó a la cama.

La pegó a su pecho y luego le dio la vuelta hasta dejarla de espaldas a él. El calor de su erección le presionaba la zona lumbar.

—Acepto el desafío —le susurró él al oído.

Le provocó un escalofrío por todo el cuerpo. Al fin había desatado al animal que había en él.

Se pegó a Wagner, pero él marcó el ritmo. Sus

manos no se demoraron, no la provocaron. Fueron al objetivo.

Una encontró el extremo tenso de un pezón, mientras la otra se posaba entre sus piernas. Annabelle gritó cuando deslizó un dedo por el calor húmedo de su cuerpo.

–Ahora eres mía, Belle. Mía. Dilo.

–Soy tuya –el cuerpo le tembló, ya casi a punto del clímax.

–¿Dónde está la protección?

Tragó saliva y casi no pudo hablar.

–En el cajón superior de la mesilla.

Con un mordisco leve en su cuello, retrocedió.

–¿Qué diablos es esto?

Annabelle se volvió un poco cohibida. Había encontrado la Boa Azul.

–Fue un regalo divertido de Katie.

Abrió la tapa de la caja y sacó el enorme vibrador azul. Con un movimiento del dedo, lo activó a una palpitante vida.

–Nunca lo usé –le dijo por encima del zumbido –un destello iluminó los ojos de Wagner–. Estaba demasiado abochornada para tirarlo. Con la suerte que tengo, ese día seguro que se abría mi bolsa de la basura.

–Mmm.

Era evidente que no la creía.

–¿Es que los hombres no hacéis regalos divertidos?

–No de este tipo –apretó otro interruptor y Azul comenzó a palpitar y a embestir entre ellos. Apagó el artilugio y lo dejó en la cama. Tomó un preservativo–. ¿Por dónde íbamos?

Con un movimiento rápido, la hizo girar hasta quedar de costado y se pegó a su espalda.

—Pasa tu pierna superior por detrás de la mía —le ordenó.

Las palabras quedas le provocaron otra oleada de deseo entre las piernas. Mientras obedecía, Wagner le lamió la oreja.

Le acarició el clítoris, sumergiéndose en su humedad. Unas sensaciones embriagadoras se agolparon allí donde establecía contacto y pegó las caderas contra él. El gemido de él fue como una caricia, igual de excitante.

—Estás lista para mí —afirmó.

Entonces se deslizó a su interior, llenándola por completo con una única embestida. Con los dedos continuó estimulándole el clítoris.

En el interior de Annabelle se libró una guerra. Una batalla entre la increíble necesidad de empujar contra la mano de Wagner o contra la erección palpitante. La frustración la enloqueció.

Gritó cuando los dedos de él abandonaron su piel. Pero de inmediato su mente le envió descargas de placer anticipado al oír el zumbido de Azul.

Sin preámbulos, Wagner le acarició la parte más sensible de su cuerpo con el vibrador. Se echó para atrás ante el contacto, introduciendo aún más el pene en su interior.

—Es tan agradable —las palabras salieron como un gemido al acercarse al orgasmo.

Wagner le mordisqueó la oreja.

—Todavía no —susurró mientras apartaba a Azul.

Jadeante, Annabelle se hundió contra el torso

de él, con la espalda sudorosa. El sonido de su respiración entrecortada reverberó por el dormitorio. Wagner se movió dentro de ella con embestidas lentas y prolongadas, en total control. A diferencia de ella, sumida en un absoluto salvajismo.

Le lamió el lóbulo de la oreja.

—¿Más? —gruñó.

Ella asintió. Un misil de sensaciones le atravesó el cuerpo cuando él reanudó las caricias con Azul al tiempo que la penetraba hondamente. Ya no fue capaz de replicar a sus embates; simplemente, se sacudió en su abrazo mientras la volvía loca.

La provocó una vez más, retirando el vibrador, para devolverlo a su cuerpo hambriento.

—Ahora —gimió él en su oído, la voz teñida con un gran poder.

Entonces…

Azul vibró un poco con debilidad y luego nada.

Una decepción profunda le tensó los nervios y el cuerpo le tembló ansioso de culminación.

—Maldita sea —musitó Wagner, tirando el artilugio a un lado. Sus dedos, duros y tiernos, encontraron el punto que Azul había atormentado de manera tan deliciosa.

La sacudió una cresta de emociones y sensaciones. Wagner la embistió, incrementando su placer.

—Belle.

Su nombre fue un rugido agónico rociado con satisfacción.

Se quedó dormida en sus brazos.

Pero despertó sola.

Repasó la dirección que tenía en la ficha de Wagner. Era extraño, nunca antes lo había visitado en su casa. Y el apartamento situado encima de un garaje que tenía delante no encajaba con la imagen de él. Desvencijadas escaleras de madera, pintura amarilla descascarillada en la puerta y en las ventanas.

Recogió el bolso y abrió la puerta del coche. Los escalones no estaban tan desvencijados como había supuesto.

Aguardó varios minutos eternos para que abriera, mientras movía el pie con impaciencia en el rellano. Finalmente, la puerta se abrió y apareció un Wagner muy mojado y apetecible.

Se lo tenía merecido por haberla sacado de su bañera.

Contuvo el impulso de respirar hondo al verlo con una toalla alrededor de la cintura y el pelo chorreando agua.

—Imagino que te pillé en la ducha.

Los labios de él esbozaron el comienzo de una sonrisa erótica. Annabelle ansió lamerle las gotas.

—Te di el día libre —dijo él.

—Lo sé, pero no podía dejar que tú hicieras novillos. Tienes que compartir toda la diversión de mirar estimulantes debates y votos gubernamentales. Yo también formo parte de esto. Hasta que dimita, somos un equipo.

«Y en más sentidos que uno, amiguito», pensó.

Le guiñó un ojo y pasó a su lado para entrar en el apartamento.

Y se detuvo.

En cualquier caso, el interior de la casa parecía peor que el exterior destartalado. La habitación solo tenía un futón viejo, en peor estado que lo que un universitario pobre tiraría, un televisor encima de una caja de plástico y una mesa de dibujo. En ese momento entendió por qué había dicho que no fueran a su casa.

Y por su postura incómoda y el lenguaje corporal defensivo que irradiaba en ese momento, no le gustaba que viera dónde vivía.

—¿Sabes?, para una persona que no tiene muebles, eres terriblemente quisquilloso acerca de dónde te sientas. No en el escritorio. No en el sofá —comentó con fingida exasperación.

—No me has oído quejarme.

Ella sonrió.

—Tienes razón. No te oí.

La tensión se extendió entre ellos. A diferencia del tira y afloja sexual de los dos últimos días, ahí había un matiz emocional. Había invadido su hogar. Y las circunstancias eran distintas.

—He venido a ver contigo la votación de la ley. Y a celebrarlo.

Él enarcó una ceja con expresión dubitativa.

—¿Dónde está el champán? —preguntó.

Ella alzó un vaso grande de plástico.

—Lo celebro con refrescos —de repente llamaron a la puerta—. Y con pizza.

Diez minutos más tarde, estaban sentados lado

a lado en el futón, pasando los canales hasta que encontraron el que emitía el debate y la votación en el Congreso.

El portavoz anunció que la sesión comenzaría en unos momentos.

—Podría llevar horas.

Mmm. Horas.

Algo no encajaba. Algo que evidentemente no había querido encarar hasta ese momento. Wagner le pagaba un sueldo extraordinario. Le había ayudado a pagar casi todas las deudas de su padre. Pero tenía que conocer la verdad.

—Wagner, ¿estás en bancarrota?

Él titubeó, luego se llevó la mano al cuello.

—La cena en el canal fue lo último que me quedaba en efectivo. Oficialmente, vivo al filo de la navaja.

Annabelle se puso de pie. La furia, el miedo y el asombro casi la dejaron sin habla.

—Pero no tenías dinero. Podrías haberte deshecho de mí hace mucho tiempo. Deberías haberlo hecho.

—Conocía tu situación. Las facturas que debías pagar, la universidad. Tenías un sueño. Me arriesgué. Y gané. Más de lo que nunca imaginé.

Ella experimentó una oleada de emoción, contradictoria y abrumadora. Esas deudas eran una carga vergonzosa. ¿Cómo podía mostrarse tan displicente con algo que ella creía haber escondido tan bien?

Debería haberse sentido abochornada, pero, a cambio, lo deseó más que nunca.

Aunque en esa ocasión, por un motivo diferente. Antes había pensado que lo amaba. Pero esos sentimientos apenas se parecían a la emoción, el anhelo, que experimentaba por él en ese momento. Entonces había sido admiración y química. En ese momento era su honor, su risa, su alma.

—Yo… no sé qué decir.

—Es gracioso. En las últimas dos semanas, has dado la impresión de tener todas las respuestas.

—No, no tengo ninguna. Solo preguntas.

La sonrisa en el rostro de Wagner se había desvanecido.

—No me mires a mí en busca de respuestas —le tomó un mechón de pelo y lo olió—. Me das hambre. Tu aroma. He intentado luchar contra este deseo.

—¿Y ahora?

La miró como si fuera única y especial.

—Ahora quiero besarte —la tomó por la barbilla y acercó los labios a los suyos.

Annabelle ardió en la estela que dejó su lengua, el fuego en los labios. Con un gemido, lo instó a continuar.

Finalmente, la suavidad aterciopelada de sus labios le devoró la boca en un beso increíble.

No cabía duda de que sabía cómo utilizar los labios.

Le rodeó el cuello con los brazos y lo miró a los ojos. Tenía los párpados pesados y las pupilas dilatadas. La respiración entrecortada. El beso lo había afectado tanto como a ella.

—Mantén los ojos abiertos —le ordenó—. Quiero

ver la pasión encenderse en tus ojos mientras te hago el amor.

Sí, también ella lo quería. Asintió con un escalofrío.

Transcurrió una eternidad antes de que él la tocara. Ansiosa, comenzó a jugar con su pelo. Estaba impaciente, pero también quería que esos momentos duraran. Deseaba a Wagner con todo lo que tenía para dar.

Pero era una entrega peligrosa.

Durante un momento, experimentó un titubeo protector. Todo sería diferente después de que hicieran el amor esa vez. No habría juegos. Sería real. Emociones reales. Dolores reales.

No pudo apartar los ojos de su cara. Wagner era realmente hermoso con esa mandíbula fuerte y los pómulos altos.

Y la vacilación se evaporó. Eso era lo verdadero. Lo supo en ese instante.

Y al mismo tiempo comprendió otra cosa.

Él se estaba conteniendo para permitirle tomar la decisión final. Porque esa vez sería distinto. Los dos lo sabían, lo percibían. Hacer el amor iba a cambiarlo todo. Porque sería más que un sexo encendido; realmente estarían haciendo el amor.

Y no le importaba. Solo él importaba. Solo ese momento.

–Hazme el amor, Wagner.

No necesitó otra palabra de ánimo. Con un gruñido, la alzó con sus brazos fuertes y la llevó por el pasillo hasta el dormitorio.

La habitación no tenía ningún adorno, únicamente un colchón y un somier en el centro del espacio desnudo. Pero el cobertor tejido era una fantasía hecha realidad. Las rayas rojas la invitaron a pasar la mano por la tela. Estaba impaciente por rodar sobre ella. Con Wagner.

Debía ser un vestigio de sus días opulentos. Una de las pocas cosas que en apariencia le quedaban. La culpa renació. Se había sacrificado por ella.

Él le soltó las piernas y Annabelle se deslizó lentamente al suelo. Se quitó los zapatos y se subió a la cama.

Él la pegó a su cuerpo y la abrazó. En el gesto no había duda ni espera. La besó con una intensidad familiar y una urgencia que Annabelle ya empezaba a atesorar.

–Tienes un sabor celestial –le dijo él, deslizándole los labios por el cuello sensible–. Te voy a desnudar. Lentamente –sujetó el bajo del jersey de lana.

Sí, también ella quería eso.

Los dedos de Wagner le rozaron la piel sensible de debajo de los pechos. Alzándole los brazos, le quitó el jersey por encima de la cabeza y lo tiró al suelo. El súbito cambio del aire fresco en la piel, seguido del calor de las manos de Wagner, hizo que los pezones se irguieran tensos.

Los vaqueros no tardaron en seguir el camino del jersey.

Quedó ante él solo con el sujetador y las braguitas, abierta y expuesta de un modo en que jamás lo había estado en sus juegos amorosos.

Quería que se metieran bajo el cobertor y sentir la mano de él. Ya.

Apartó la tela pesada y dejó que cayera al suelo.

Seda. Unas sábanas de seda de color champán. Frescas y suaves contra la piel, se apoyó sobre la almohada mullida.

Wagner se incorporó y finalmente se desabrochó los vaqueros. Luego se estiró en toda su extensión junto a ella.

Deslizó los dedos debajo de la banda elástica de las braguitas en busca de esa zona tan sensible. Un toque ligero, un toque casi inexistente. Pero bastó para encenderle el cuerpo. Se sintió salvaje y primitiva.

—Wagner —jadeó cuando el contacto se hizo más íntimo—. Ahora, Wagner. Ahora —pidió.

—Despacio —le contuvo los dedos que lo buscaban. Bajó la boca para darle un beso que la marcó como un hierro candente—. Voy a enloquecerte con mi boca. Y mis labios.

Luego inició el descenso y con los dedos le bajó las braguitas al suelo. La besó, incrementando sus jadeos. Con un lametón lento, una oleada tras otra rompió sobre su cuerpo.

Luego lo repitió.

Cuando la marea poderosa de su orgasmo menguó, él le susurró al oído.

—Mírame —ordenó con ternura. Annabelle abrió los ojos—. Quiero verte los ojos cuando te penetre.

En ningún momento dejó de mirarla. Los dedos le acariciaron el calor increíble que crecía entre sus piernas. Annabelle contuvo el aire cuando sintió la erección tanteando la entrada.

La sensación de que la penetrara casi la abrumó. Calor y poder. Arqueó la espalda para ir al encuentro de la embestida que los uniría plenamente. Cobijado dentro de Annabelle, la tomó por el mentón para hacer que lo mirara.

Wagner entró despacio en ella.

Lo tomó en las manos deseando más, deseando velocidad, fuerza. Alzó las caderas y aceleró la penetración.

–Anna… Annabelle, no hagas eso. Si haces eso, no duraré –gimió.

Era estimulante hacer que ese hombre grande y fuerte viviera para su cuerpo. Para la necesidad que su cuerpo tenía de él.

Otra vez salió a su encuentro, con el cuerpo tan próximo al clímax que cada átomo estaba sintonizado con él y con las sensaciones que le rodeaban el pene ardiente y duro. Alzó las piernas y enganchó los tobillos detrás de su espalda.

Él emitió un sonido ronco y la embistió con fuerza y rapidez.

–Wagner, sí.

Luego cayó por el precipicio, experimentando únicamente una sensación de torbellino. La embistió una última vez y su calor la anegó.

Después ya no pudo mantener más tiempo los ojos abiertos.

***

Wagner miró a la mujer que dormía en sus brazos, con la erección todavía dura dentro de ella. Jamás había esperado eso. Annabelle era un manojo de contradicciones. Cuando la había considerado tímida, abochornada por la vergüenza provocada por su padre, le demostraba que irradiaba seguridad.

Habían hecho el amor. Realmente el amor. Algo nuevo y valioso los había unido cuando sus ojos se encontraron en el momento de fundirse. Pensamientos de esa naturaleza le eran completamente nuevos. Unos años atrás, algo semejante habría bastado para expulsar a una mujer de su vida.

Pero eso era diferente. Especial.

La amaba. Su admiración y confianza se habían convertido en amor. Lo dejaba atónito, pero lo que compartían trascendía la lujuria.

Ella emitió un sonido leve y se pegó contra su pecho. ¿Quién habría imaginado alguna vez que eso habría podido pasar? Extenuado como jamás lo había estado, su mente se hallaba en una bruma y necesitaba dormir, pero no podía.

La sorpresa había encendido un fuego en su interior. Era como si al fin hubiera descubierto que ese algo indefinible que siempre había buscado, pero que nunca había sabido que anhelaba, estuviera al alcance de su mano. Pero no del todo.

Podía ver que iban a tener que repetir eso. Una y otra vez.

Capítulo Nueve

El olor delicioso a malvaviscos le provocó un hormigueo en la nariz y la sacó del sueño más satisfactorio de su vida. Se estiró y abrió los ojos, viendo a Wagner con su dulce favorito. Un árbol de malvaviscos, verde y recubierto de azúcar.

–Mmm. Dame eso –inclinó las delicias hacia ella, pasándoselas por los labios. Annabelle mordió el tronco con deleite.

Wagner se agachó y le dio un beso rápido, y le pasó la lengua por los labios para degustarlos.

–Una chica podría acostumbrarse a esto –le dijo al tiempo que juntaba dos almohadas y se deslizaba por la funda de seda–. Malvaviscos y besos por la mañana.

Él enarcó una ceja.

–¿Cuál es mejor?

Annabelle dio otro mordisco.

–Ya te lo haré saber –le guiñó un ojo.

Wagner rio.

–Desperté hambriento –le dijo mientras alzaba una taza–. No había nada para comer. Fui al supermercado a comprar café, vi los malvaviscos y pensé en ti.

–¿Eso es bueno?

Le dio otro beso apasionado.

–Todos los pensamientos sobre ti son buenos –la sábana se deslizó y le dejó al descubierto un tatuaje.

–Vaya, vaya, Annabelle. Tienes tus secretos. Esa pequeña luna es muy sexy.

–Pero hay cosas ocultas que me gustan aún más –ella bajó la mano, pero él se la apartó.

–Tienes que darme al menos una hora para recuperarme.

Ella chasqueó la lengua.

–Entonces, solo nos queda otra cosa que hacer.

–¿Qué?

–Ver el debate.

–¿Cómo he podido olvidarlo?

Quince minutos más tarde, volvían a estar sentados hombro contra hombro en el futón. Pero en esa ocasión, cubiertos por una manta y desnudos.

Y el voto no marchaba bien.

En el último minuto, un legislador introdujo una corrección que atrajo la ira de los miembros del congreso.

–No puedo creerlo –dijo Annabelle cuando otro miembro se puso de pie para realizar un comentario.

–Una idea y mi reputación. Solo empecé con eso. Las dos parecen ir desvaneciéndose a toda velocidad.

–Mira… –Annabelle señaló la pantalla–, van a parar durante el fin de semana.

–Fantástico. A prolongar la agonía.

Ella gimió. Después de envolverse con la manta, extendió una mano.

–Tenemos cuarenta y ocho horas. Es hora de trazar un plan. Primero, hemos de pensar como los políticos. Identificamos a los líderes clave, convencemos a uno…

–Y todos votan a favor.

–Exacto. Cuarenta y ocho horas para llamar, mandar correos electrónicos y hostigar.

–¿Hostigar a nuestros políticos?

–Desde luego. ¿Quién mejor?

Presionaron durante treinta y siete horas seguidas. Mientras Wagner se ocupaba de los teléfonos, ella peinaba Internet averiguando más cosas sobre los miembros cruciales del Congreso. Respuestas de las docenas de correos electrónicos que había enviado con anterioridad comenzaban a llenar el buzón.

El teléfono de la mesa de ella comenzó a sonar.

–Acrom Enterprises.

–¿Cómo va el pozo seco?

Katie. El corazón le dio un vuelco. Había llegado el momento de la confrontación.

Muy bien, se dijo que le quedaban dos opciones: podía hacerse la tonta con su amiga o podía mentir. No, no, no. La verdad siempre era lo mejor.

–Digamos que todo el equipo funciona muy bien –dijo, admirando el trasero compacto de Wagner. Agradable de mirar y de tocar.

–Lo sabía. Sabía que te estabas acostando con el jefe –sonó triunfal y horrorizada a la vez.

Algo no funcionaba bien. Algo no funcionaba con normalidad. Y el instinto le decía que Katie sabía qué era.

—Me has estado esquivando, ¿verdad? —prosiguió Katie con tono de acusación y leve dolor.

—No, claro que no te he estado evitando.

—Escucha, tenemos que hablar. Es importante.

—Wag y yo estamos en medio de algo…

—Tengo que comprar unos malvaviscos. Necesito tu consejo para, eh, mi sobrino. ¿Cuáles son los que le gustan a un niño de cuatro años?

Annabelle se sentó en el borde de la mesa.

—Esa es una buena pregunta. No mucha gente conoce toda la variedad de malvaviscos que hay…

—¿Por qué no me lo muestras? Vamos, Belle, necesitas salir un rato de la oficina. Ir de compras. Ayudarme a comprar. Comer unos… malvaviscos. ¿A quién le importan nuestras cinturas?

—O nuestros muslos.

—Podemos quedar en el campo de béisbol de Bricktown.

Ding, ding, ding. Tenía que verlo de cerca. Ya. Y empezaba a tener calor. Se quitó el jersey ligero y lo dejó sobre el respaldo del sillón.

Un rápido vistazo al reloj le recordó que tenía tiempo para irse un rato de la oficina. No esperaban que sucediera nada en otra hora y media. Necesitaba un descanso. Un momento para charlar con su mejor amiga de su nuevo hombre. Necesitaba hablar con Katie.

—De acuerdo. Te veré junto a la fuente en diez minutos. Podemos pasear juntas hasta el campo de béisbol. Espero que esté abierto… me gustaría ver el césped.

—Eso me temía —musitó Katie,

—¿Qué?

—Nada. Te lo explicaré cuando nos veamos.

Annabelle llegó antes, pero no tardó en ver a su amiga aparecer con dos sándwiches en la mano.

Katie se dejó caer junto a ella y no se anduvo con rodeos.

—Dime, ¿en qué mundo has estado viviendo últimamente?

—¿De qué estás hablando?

Su amiga asintió.

—De acuerdo, si es así como quieres jugar. Pero no te va a funcionar. No voy a dejar que te hagas la tonta y evites contarme la verdad.

—Nunca me hago la tonta.

—¿Sabes? Tienes razón, y eso es lo que asusta. Estás haciendo un montón de cosas que no solías hacer… incluido acostarte con tu jefe.

—Eh, hace una semana estabas a favor.

—Escúchame, Annabelle. Escúchame con atención. En aquella fiesta, te sucedió algo extraño. Al principio pensé que los intentos de Mike por hipnotizarte no funcionaron, pero ahora… Sé que todo es verdad.

Annabelle luchó contra la bruma de la amenazadora verdad.

—En aquella fiesta no me pasó nada. Apenas la recuerdo de lo aburrida que fue. Casi nada más entrar, nos fuimos. Si las cosas son distintas, atribuye los cambios a lo que hablamos antes. Mi vida está cambiando. Quiero a Wagner en ella. Tuve que poner el asunto en mis propias manos. Y es estupendo. No puedo creer que haya esperado tanto. Piensa en el tiempo que perdí y en el que podría haber estado disfrutando de un sexo estupendo. ¿Quién se niega algo así? ¿Quién ve como un desafío comprobar el tiempo que es capaz de resistir la tentación? Es una locura.

—Es madurez emocional.

Annabelle sacó la lengua.

—Paso de la madurez.

Katie le tomó las manos.

—Escúchame. Te hipnotizaron. Te van a despedir. ¿Me entiendes?

Asintió y contempló los sándwiches en la mano de su amiga.

—Sí. Lo entiendo.

—Eso es un alivio.

—No olvides que yo descubrí el timo de la hipnosis. Lo que hizo Mike no funcionó.

—Vale, ¿sabes qué haremos? Por el momento, dejaremos el tema. Tengo hambre. El que no tiene tomate es para ti.

—Cuando terminemos, vayamos a esa pequeña tienda de lencería. Quiero algo que vuelva loco a Wagner.

Katie la miró unos momentos y le preguntó:

—Dime, ¿tienes un extraño deseo de ver el campo de béisbol?

—Te dije que quería verlo.

–Pero es más que eso, Belle. Sientes un impulso, casi un anhelo que no puedes combatir, de estar allí.

–Mira alrededor. No hay ni una sola brizna de hierba, pero si das unos pasos y miras entre las vallas, verás algo maravilloso. Hay todo un campo de hermosa hierba verde en pleno diciembre. Piensa en lo maravilloso que sería correr por él descalza, con... –los dedos le temblaron al taparse la boca. Cerró los ojos y tragó saliva. Miró a su amiga–. ¿Has oído lo que acabo de decir? Quería... quería correr...

–¿Querías correr desnuda por el campo de béisbol?

–¿Cómo lo sabías?

–Estaba en la habitación. Lo oí todo. Te hipnotizaron de verdad.

En ese momento, la verdad estalló, imposible negarla.

La expresión triunfal se desvaneció de la cara de Katie.

–Lo sé, cariño, y lo siento. Annabelle, te hipnotizaron de verdad. Piensa en cómo te has estado comportando, en cómo me has estado esquivando.

–Yo, eh, no te he estado esquivando –otro fracaso con la verdad.

Katie agitó la mano.

–Pregúntatelo, Annabelle. Adelante. Pregúntate por qué me has estado esquivando. Es porque lo sabes.

Las palabras de Katie sonaban a verdad. La había estado evitando.

—Es posible que la hipnosis haya empezado a disiparse. ¿Has estado preguntándote por qué anhelabas algo en particular o sospechabas que tu conducta era un poco rara? He investigado un poco en Internet. Junta las manos, como si te las fueras a estrechar.

Annabelle dejó el sándwich en el regazo y obedeció.

—¿Para qué hago esto?

—Dependiendo del pulgar que quede arriba, indica lo susceptible que puedes ser a la hipnosis. Mira, arriba ha quedado el pulgar izquierdo.

—¿Y eso significa que soy más susceptible?

—Sí. Mmm, espera. Quizá es el derecho. A mí me quedó el derecho y recuerdo haber pensado… ¿Por qué no lo escribí? Izquierdo. Decididamente, el izquierdo. Olvida lo del pulgar. Encaremos los hechos. Te gustan los malvaviscos.

—Me encantan.

—¿Cómo va tu vida sexual? ¿Se decanta más por el lado aventurero?

Escritorio. Televisor. Malvaviscos. Boa Azul. Diablos, hasta podría vender historias por Internet.

—Un poco más que de costumbre —vaciló. Jamás compartiría lo que habían hecho con un poco de azúcar.

—¿Y cómo te sientes ahora?

Hipnotizada. Había creído que sería inmune, pero le habían gastado una buena broma. La había hipnotizado un tipo que había aprendido las técnicas de un libro sacado de la biblioteca.

—Soy yo. He vuelto a ser la «yo» normal.

Recordando su comportamiento de los últimos días, se le encendió el rostro con una vergüenza intensa. Le había hecho «eso» a Wagner en el armario que servía como almacén. Los dedos se clavaron en el papel de plata del sándwich cuando un remordimiento instantáneo le estrujó el corazón.

Katie le apretó el hombro.

—He hecho lo correcto al contártelo, ¿verdad?

—Sí, por supuesto. Es como dijiste antes, la hipnosis ya empezaba a desaparecer. Comenzaba a cuestionar las cosas. Conocer cuál es la fuente de mi comportamiento me ahorrará mucho, ya que me evitará recurrir a la ayuda de una terapia.

Katie miró el reloj.

—He de irme. Tengo una entrevista de trabajo en el periódico dentro de media hora. Puedo cancelarla si necesitas que me quede contigo.

—No, me encuentro bien.

—¿De verdad?

Se obligó a esbozar una amplia sonrisa.

—Sí, en serio.

—¿Qué piensas hacer?

—Dejar mi trabajo.

—Bueno, al menos era algo que ibas a hacer de todos modos.

Sí, pero hacía una semana solo deseaba a su jefe.

En ese momento, lo amaba.

¿O también eso era una ilusión?

Capítulo Diez

Tacones altos y un corazón roto no casaban. Arrastró esos tacones con lentitud de vuelta a la oficina.

Mirando por el cristal del despacho, vio a Wagner ir de un lado a otro de la alfombra delante de su escritorio. Irradiaba energía.

Los hombros se le hundieron con un cansancio que nunca antes había sentido.

Ese era el Wagner real. El hombre dominante y poderoso que ansiaba alcanzar un acuerdo y convencer a la gente, lleno de ideas e ideales, pero según sus términos.

Y ella volvía a ser la verdadera Annabelle. La antigua Annabelle. Esa a la que no había mirado. Al verlo, le dolió el corazón.

¿Volvería a descansar alguna vez en esos hombros anchos? ¿Se encendería bajo la caricia de sus dedos? ¿Lo oiría gemir mientras le daba placer?

No.

Porque Wagner no quería ni deseaba a la verdadera Annabelle Scott.

Se quedaría a su lado hasta que saliera el voto y él ocupara su nuevo puesto de copresidente en Anderson.

Luego recuperaría el plan de asesorara financiera. Respiró hondo. Probablemente, Wagner se sentiría aliviado cuando se marchara, después de que comprendiera que no se trataba de la misma mujer que lo había seducido en el escritorio. Pero por el momento, debería comportarse como si nada hubiera sucedido. Él no tenía que notar que se le estaba partiendo el corazón ante la idea de no volver a verlo jamás.

Pero era lo correcto. Por la fusión. Por él.

Abrió la puerta. Cuando alzó la vista y la vio, sonrió, y la tensión que le marcaba la frente se mitigó.

¿Era ella quien conseguía surtir ese efecto?

En dos zancadas, Wagner se plantó a su lado. La tomó por la cintura, la levantó y la hizo girar en los brazos. Con un grito encantado, se permitió ese momento de placer.

—Está funcionando. Encontré a la congresista que frena todo. Taggert. He recibido una llamada de ella ahora mismo. Es del estado de Texas. ¿Cómo puede estar en contra de la ley?

—Es estupendo.

Primero se alegró, pero luego el corazón se le hundió. La ley se aprobaría y la fusión iría viento en popa, y entonces sería el momento de marcharse.

Wagner indicó la mesa con la cabeza.

—Te he comprado algo para celebrarlo.

En el centro del escritorio había una caja pequeña envuelta con un lazo púrpura de satén. Con dedos trémulos deshizo el lazo y alargó el momento todo lo que pudo.

Al levantar la tapa, el aroma a chocolate y azúcar atrajo su atención. Sintió un nudo en la garganta y pasaron varios momentos antes de que pudiera decir algo.

—Me has comprado unas galletitas.

—Y no tienen frutos secos.

Iba a ponerse a llorar.

Él le ofreció el consuelo de sus brazos fuertes y de sus hombros anchos.

Amaba tanto a ese hombre.

Le alzó el mentón.

—¿Qué sucede, Annabelle? ¿Ha pasado algo entre Katie y tú?

Tenía que poner fin a esa farsa. Acabar con esa aventura antes de que él se enamorara de algo, de alguien que no era, y antes de que ella misma olvidara que realmente era otra persona.

Ya deseaba ser, más que nada en el mundo, la Annabelle de hacía veinte minutos. Pero esos pensamientos y anhelos solo podían aportarle más dolor.

Movió la cabeza.

—He de irme.

Fue a su mesa y abrió el último cajón. Se cayó un paquete de malvaviscos. Abrió el del medio y buscó sus llaves. En la bandeja de los lápices, un frasco de laca rodó adelante y atrás.

—Esto no soy yo. Estas cosas no son mías.

Wagner le apoyó las manos en los hombros y la estudió el rostro.

—¿De qué estás hablando? Claro que esas cosas son tuyas.

—Quiero decir, no de la verdadera Annabelle

Scott. Escucha, me voy. No te molestes en enviarme nada de esto. Además, jamás guardé nada personal en mi mesa y estas cosas nuevas… No las quiero. Tíralo todo.

—Eh, aguarda —le aferró con más fuerza los hombros.

El calor de sus dedos atravesó con facilidad la tela fina del vestido sexy que llevaba. Un vestido sexy para ir al trabajo. ¿En qué diablos había estado pensando?

Con gentileza, Wagner la hizo darse la vuelta para mirarlo.

—No puedes irte ahora. Estamos a punto de conseguir un importante triunfo legislativo. Y lo mejor es que en el proceso derribaremos a Kenny Rhoads del pedestal en el que él mismo se puso.

Era maravilloso. Y la miraba con tanta preocupación; era todo lo que alguna vez podía soñar en un hombre. Su hombre. Qué fácil sería rodearle el cuello con los brazos y besarlo.

Quebró el abrazo y fue hacia la puerta. Giró la cabeza para echar un último vistazo.

Una semana atrás se había sentado en su mesa, con la vista clavada en esa misma puerta, tratando de convencerse de ser más atrevida para despertar el interés de Wagner. Un jersey y un picnic en la alfombra.

Sintió un nudo en el corazón.

Era mucho más fácil tratar con el deseo y la lujuria que con los sentimientos.

Pero en ese momento se enfrentaba a un problema infranqueable. Una vida sin Wagner.

Estamos. Había dicho estamos.

Movió la cabeza para despejar la mente.

–Se acabó, Wagner. Nosotros no hicimos nada. Tú lo lograste. Yo simplemente me topé con ello y fui afortunada. Muy afortunada.

Él rodeó la mesa y le tomó la mano, apartándola con suavidad de la puerta.

–Annabelle, de verdad, no sé qué está pasando. Diablos, no sé qué ha estado pasando en esta última semana –la abrazó–. Pero sí sé que somos afortunados en más cosas que esta fusión. También nos hemos encontrado el uno al otro.

No se molestó en ocultar el dolor y la confusión en su voz. Annabelle reconoció su desesperación porque también ella la sentía.

Parpadeó con rapidez, tratando de contener las lágrimas.

–Oh, Wagner, durante el regreso desde la fuente he tratado de convencerme de que podría continuar como si no supiera la verdad. ¿No sabes que daría cualquier cosa porque fuera así? Pero ahora sé que no puedo. No soy yo. Esto, los tacones altos, el vestido atrevido… no soy yo.

Le rodeó la cintura con fuerza.

–No me importa nada de eso.

–Es solo parte del envoltorio que al fin logró captar tu atención –suspiró–. Estoy cansada. Ya no puedo fingir. No puedo continuar con el juego.

–¿Fingías acerca de nosotros? –preguntó con voz apagada.

Annabelle sintió un nudo en el estómago. No podía dejar que pensara eso.

—No, claro que no.

—Te amo, Annabelle.

Toda su vida había querido oír esas palabras y ahí las tenía. El corazón se le desbocó y una felicidad y esperanza increíbles la inundaron. Un momento nuevo y real para atesorar toda la vida e iba a tener que descartarlo.

—Yo también te amo —corroboró. Las palabras egoístas escaparon antes de poder contenerlas.

Los labios sexys se curvaron en una sonrisa.

—Entonces, ¿cuál es el problema? Con esta fusión, tenemos la oportunidad de una vida. Tú me amas, yo te amo, se supone que es así como debe ser un final feliz. Nunca en la vida he dicho algo así. Ni siquiera imaginé que querría decirlo. Hagamos un final feliz.

La tentación la sacudió. Qué fácil sería decir que sí; pero ¿cuánto duraría?

¿Cuánto pasaría hasta que él empezara a hacer preguntas? ¿Por qué era diferente? ¿Qué había sido de su lado atrevido?

No. Debía ser fuerte y romper en ese momento. No los esperaba ningún final feliz basado en lo que ella no era. Un día Wagner despertaría, vería a la verdadera Annabelle y quedaría decepcionado. No podría soportarlo.

—No, Wagner. Tú no me amas. Amas a otra persona. Alguien que no era realmente yo.

—No paras de decir eso. ¿De qué diablos estás hablando? —cada palabra reflejó su frustración.

—Por favor, créeme cuando te digo que te amo, pero que no es a mí a quien amas. Me hipnotizaron. Por eso me comporté de forma tan extraña. Fue algo que creó la hipnosis. Te hago un favor, de verdad. No querrías a la verdadera Annabelle. No la quisiste antes.

Sonó el teléfono.

Wagner no se movió ni dejó de mirarla.

Segundo timbre.

Nada.

—Wagner, debes contestar. Todo tu futuro depende de esa llamada.

—No todo mi futuro.

Tercer timbre.

—Contesta el maldito teléfono —una desesperación amarga hizo que gritara. Si iba a renunciar a él, más valía que lo mereciera—. Por favor.

Apartó la vista de ella y contestó con voz cansada y áspera.

—Aquí Acrom.

El silencio se extendió mientras escuchaba. Las emociones jugaron en su rostro. Pasado un minuto, colgó.

Ella se acercó a él y le dio un beso suave en la mejilla.

—Adiós, Wagner. Lamento haberte equivocado.

—De todos modos, no importa. Acaba de llamar un contento Kenny Rhoads. El hijo de perra logró convencer a la congresista Taggert de posponer la ley. Se acabó. La fusión se ha roto.

—He dejado que estuvieras hosca y de malhumor durante dos días. Es hora de parar —le dijo a su amiga, que seguía sentada ante el ordenador portátil.

—Mmm, quizá podrías hipnotizarme para ser alguien que no llore. ¿Sabes?, no es una mala idea.

—Ya no funcionará. Tu subconsciente conoce el juego. Tu mente no aceptaría la sugestión.

—Qué pena. La nueva Annabelle me gustaba mucho más que la antigua. Esa Annabelle se divertía mucho más. Y tenía un hombre.

Katie le agarró las manos:

—¿Sabes a quién le gustaba la antigua Annabelle? A mí. De hecho, era mi mejor amiga.

—Tienes que decir eso. Te sientes culpable.

—¿Sabes a quién más le gustaba? A Wagner Acrom. De hecho, te respetaba lo suficiente como para pagarte todo ese dinero, con el que pudiste pagar las deudas de tu padre y tu universidad. Dinero que podría haber mantenido su empresa a flote unos meses más. Quizá aguantar hasta que se aprobara la ley.

Annabelle resistió el impulso de taparse los oídos. Esas palabras dolían demasiado, despertaban falsas esperanzas.

—A cambio, se ha hundido. Y un hombre de negocios como él conoce las apuestas. Sabía que tenía el potencial de perderlo todo cuando debería haber estado recortando gastos. Jamás pensé que diría esto de ese hombre, pero es un tipo decente.

Supo que quedaba descartado que la volvieran a hipnotizar. Pero eso no significaba que no pudiera armarse con todo lo que podía averiguarse sobre el tema. Desde que dejara la oficina de Wagner, había esquivado hasta pensar en la hipnosis.

Con dedos nerviosos, estuvo a punto de escribir mal «hipnotismo» en el motor de búsqueda de Google.

Lo que le faltaba. Aparecían más de setenta mil sitios. Abrió el primero y se puso a leer. No supo el tiempo que estuvo haciéndolo.

Al final, señaló la pantalla con creciente entusiasmo.

–Lee esto.

–La hipnosis no puede cambiar la personalidad básica de una persona; más bien, libera el yo reprimido.

Su mejor amiga lo leyó otra vez, en esa ocasión más despacio.

Annabelle le agarró la mano.

–Katie, ¿te das cuenta de lo que significa? –hasta ella misma tenía miedo de creer en lo que leía.

–Tu comportamiento no se debió a la hipnosis.

–Bien, quería cerciorarme de que leía bien.

–Alcanzaste tu potencial. Eso es lo magnífico de todo el asunto. No tenías que saber lo que querías, solo lo sabía tu subconsciente. Tú misma hiciste que eso sucediera. Hiciste que se fijaran en ti, hiciste que el señor Monocromo se enamorara de ti. Tú y solo tú.

Annabelle movió la cabeza, asombrada.

–Sigo sin creerlo. Es gracioso. Me siento aliviada y traicionada al mismo tiempo.

–Esto explica tantas cosas. ¿Recuerdas el tatuaje?

¿Cómo iba a poder olvidarlo? En cuanto Wagner descubrió la luna, había adoptado la costumbre de pasar la lengua por cada fino trazo. Tembló. Su cuerpo anhelaba el contacto de ese hombre. Asintió.

—Esto explica por qué tú pudiste hacértelo y yo no.

—El dolor y la aguja explican por qué yo pude hacérmelo y tú no.

—No te desvíes del tema. Has estado reprimiendo tu verdadero yo. Desde que asumiste la carga de las deudas de tu padre, has aislado tu verdadero yo. Ese yo aventurero y loco. La hipnosis, simplemente, dejó que se liberaran unas partes de ti.

Y a Wagner le habían gustado de verdad esas partes. Se preguntó cómo estaría. Deseó poder consolarlo. Las baterías de energía que había creado, junto con sus sueños, podrían quedarse encerrados en la caja fuerte de su oficina.

Cerró los ojos. Se sentía cansada pero, por alguna extraña razón, se sentía más viva que nunca.

Abrió los ojos y le sonrió a su amiga.

—¿Estás bien? —quiso saber Katie, en apariencia preocupada.

En su memoria centellearon imágenes de la Boa Azul.

—¿Sabes una cosa, Katie? Me merezco un sexo estupendo y atrevido.

—Ya empiezas a hablar con sensatez.

—Me merezco a Wagner.

Katie la abrazó.

—La pregunta es… ¿qué vas a hacer al respecto?

Wagner era suyo. Solo necesitaba ir a buscarlo.Pero ¿cómo hacerlo?

No perdería el tiempo en pensar un modo de conseguirlo. Simplemente, lo haría.

–Voy a llamarlo.

–Es un buen comienzo.

Aliviada de disponer al fin de un plan, fue al teléfono de la cocina y marcó su número: un timbre, quizá llamar no había sido una buena idea. Dos, quizá debería haber ido directamente a su apartamento. Tres, ¿dónde estaba? Cuatro, se equivocaba. Cortó y corrió hacia el ordenador.

–¿Qué haces? –preguntó Katie.

–Esto requiere algo más atrevido que una llamada de teléfono, ¿no crees?

Capítulo Once

Annabelle miró la hoja de papel arrugada en la que estaba impresa la cara de la presidenta de Pleasures, Inc. La había sacado de la página web de la empresa. En cada parada, estudiaba la foto que reposaba en el asiento del pasajero de su coche desde las tres horas que llevaba conduciendo de Oklahoma City al aeropuerto de Dallas-Fort Worth. El vuelo del presidente iba a despegar pronto.

No tenía ningún plan.

Había abierto la caja fuerte de Wagner y sacado unas pocas baterías. Quizá fuera un allanamiento con robo, porque había dejado de ser su empleada, pero ¿a quién le importaban esos detalles?

Si conseguía captar la atención de la mujer antes de que pasara por el control de seguridad para embarcar, entonces podría cautivarla con las ideas de la batería solar de Wagner.

Diablos, incluso compraría un billete a Hong Kong si era necesario y no pararía de hablar durante el viaje.

Aunque tendría que recurrir a la tarjeta de crédito, ya que en la cuenta no tenía ese dinero.

Pero no iba a dejar que algo tan insignificante

como el dinero minara su determinación. Era una mujer con una misión.

Un pequeño torrente de personas entró en el vestíbulo. Avistó a su presa. La presidenta de Pleasures, Inc. caminaba con paso vivo. Lanzándose hacia la pequeña multitud alzó la mano y bloqueó el paso de la mujer.

–Señora Ulrich. Un momento de su tiempo.

Un destello de interés apareció en las profundidades grises de los ojos de la ejecutiva. Un comienzo excelente. Tocándose el cabello negro que ya empezaba a encanecer, le dedicó una sonrisa de bienvenida.

La sonrisa de una vendedora.

–Tengo unas preguntas que formularle.

–¿Es periodista?

–No.

El destello de interés en los ojos de la mujer menguó.

–Estoy muy ocupada.

–Sí. En realidad, sí, soy periodista.

La mujer le dedicó una sonrisa de «buen intento».

–De verdad, no tengo tiempo para esto.

–Escuche, señora, y con el debido respeto, no voy a dejar que se suba a ese avión a menos que acepte escucharme –indicó con una sonrisa. Una sonrisa que quería transmitirle que era una persona normal y no una loca.

No pareció asustada, solo irritada.

–Joven, voy a llamar a seguridad.

–Hágalo. Estoy más que dispuesta a montar una

escena –la presidenta no dijo nada, pero no huyó tampoco. Annabelle sacó del bolso el vibrador Boa Azul que había comprado al salir de la ciudad.

–Guarde eso. Alguien podría pensar que es un arma –el brillo de interés regresó a sus ojos–. Es uno de nuestros éxitos de venta.

–Tengo una idea que disparará sus ventas.

Ulrich se sentó. A Annabelle la dominó el entusiasmo. Había captado su interés.

–De acuerdo. Le concedo tres minutos.

Annabelle se sentó junto a ella y le sonrió.

–Señora Ulrich, ¿alguna vez le ha pasado que uno de estos juguetes se quedara sin batería en un momento crucial?

Perseguir a una poderosa mujer de negocios por el vestíbulo de un aeropuerto era fácil comparado con la idea de volver a estar con Wagner Acrom.

Probablemente, la considerara una loca.

Demonios, estaba loca. Amaba a Wagner. Solo una idiota de proporciones épicas lo dejaría sin siquiera probar una última vez.

Pero también estaba animada. O quizá su euforia se debiera a la falta de sueño.

Se hallaba ante las puertas dobles de Acrom Enterprises, nerviosa y preguntándose si podría hacerlo.

El cuerpo casi le vibró con la necesidad de encarar a Wagner.

Giró el pomo. Cerrada. Por suerte, había llevado las llaves y no le importaba entrar una segunda vez sin autorización.

Abrió el cerrojo y empujó la puerta. Encontró a Wagner guardando con meticulosidad el contenido del que había sido su escritorio en una caja grande de cartón, el rostro una combinación agónica de tristeza y furia.

El corazón le dio un vuelco. Con vaqueros y camiseta, se lo veía tan demoledor como con su traje gris marengo.

Se volvió y la miró; sus ojos estaban fríos e indignados. Ella tragó saliva.

—Esa puerta estaba cerrada.

—Hola —siempre le encantaba el comienzo impresionante que era capaz de establecer.

Él volvió a centrarse en la caja.

—Puedes llevarte esto contigo.

—Concédeme una llamada de teléfono. Es lo único que te pido. Luego me iré y no volveré a aparecer en tu umbral. Hay alguien en Hong Kong que quiere hablar contigo —al recibir un gesto seco de asentimiento, se apoyó en su mesa y marcó el número completo del hotel en el que se hospedaba Cynthia Ulrich. Luego activó el manos libres.

—Señor Acrom, al principio no creí a Annabelle cuando dijo que esta batería no se agotaría nunca, pero he tenido la Boa Azul activada desde que la guardé en mi bolso en Dallas y sigue funcionando. Casi me atrevería a decir que va más fuerte.

Wagner la miró fijamente.

—Yo, eh, le presté a la señora Ulrich una de las baterías.

—¿Para quién trabaja?

—Es la presidenta de Ple...

—Señor Acrom, le digo que este vibrador no quiere parar.

—¿Vibrador?

—La Boa Azul. Debería haber visto la expresión del hombre de la aduana. Las cosas que hay que hacer por el trabajo, ¿verdad?

—Verdad.

Wagner aún mostraba esa deliciosa expresión de confusión.

—Señor Acrom, quiero los derechos exclusivos de su batería.

—¿Oh?

Toda la confusión se desvaneció. Wagner el ejecutivo se puso en acción. Annabelle se marchó de la oficina cuando él acercó un bloc de notas y un bolígrafo.

La llamada a la puerta de su apartamento horas más tarde no fue inesperada. De hecho, llegaba justo a tiempo. Se ciñó el cinturón y abrió. Lo que no había previsto era la expresión dura de Wagner.

Él entró hasta el centro del salón y se volvió para mirarla. En las profundidades de sus ojos, algo iba mal.

—¿Es que Ulrich no te ofreció un trato?

—Sí, y es mejor que lo que jamás imaginé. Incluso he asegurado un adelanto en efectivo. Antes de venir para aquí, llamé a Smith y a Dean para decirles que... —calló.

–¿Se fueran a dar una vuelta? –aventuró ella.

Wagner asintió.

–Exacto –convino con tono frío e implacable.

–¿De modo que vuelves a los negocios?

–Mejor que nunca. He venido a darte las gracias.

–De nada.

–Adiós, Annabelle.

Sus palabras, su tono, su actitud, todo indicaba que era definitivo.

Con una última mirada dirigida a ella, fue hacia la puerta.

Y a punto estuvo de dejar que sucediera.

–Espera. ¿Eso es todo lo que recibo? Hay algunas cosas que necesitas oír. Ahora tengo las cosas claras.

–No importa.

–Sí que importa. Antes me hallaba confundida. Sé que suena increíble, pero de verdad me hipnotizaron. Cuando hicimos el amor y cuando dijiste que me amabas, pensé, bueno, pensé que no era realmente yo. Que dijiste todas esas cosas a alguien que no era yo, y no pude soportarlo, porque… –sintió un nudo en la garganta–. No pude soportarlo porque llevo amándote desde hace mucho, mucho tiempo.

La expresión de él no cambió.

–Pero ahora entiendo que era yo en todo momento –añadió.

Los ojos de él adquirieron el color del hielo.

–Sigue sin importar.

Annabelle volvió a agarrarlo de la camisa.

—Deja de decir eso. Sí que importa. Te amo. Tú me amas. Podemos estar juntos. Nada nos detiene.

—Yo lo detengo.

Las palabras salieron de algún lugar lleno de oscuridad y dolor.

Ella le apretó la tela de la camisa.

—He hecho algunas cosas realmente bajas en mi vida laboral y no voy a empezar otra vez a arrastrarte conmigo, como un canalla egoísta, solo porque te deseo.

La ira de ella creció.

—Ah, ahora todo tiene sentido. Ya veo lo que pasa. No soy yo a quien quieres redimir… eres tú. No puedes apartarme para demostrar lo noble que eres. Apartarme no te vuelve altruista.

Las palabras amargas le llegaron al corazón. Tenía que conseguirlo, solo disponía de esa oportunidad. Si no, perderían los dos.

—Yo no robé ni mentí. Lo hizo mi padre. Yo hice lo que pude para reparar el daño y ahora quiero seguir adelante con mi vida. Me gustaría que estuvieras a mi lado.

—No funcionará. Sé lo que puede pasar… lo vi con mi madre.

—Wagner, somos personas diferentes de tus padres. Primero, no pienso dejar que me aísles de tu vida. Segundo, y entiéndelo bien, ya que voy a decirlo alto y claro, seremos un equipo. Yo estaré a tu lado y tú al mío.

Él le tomó las manos con fuerza.

—¿Y si fracasa y lo perdemos todo?

—Entonces, lo perdemos todo y empezamos de

153

nuevo. Juntos. Lado a lado –se apartó el pelo de los hombros. Wagner necesitaba ejemplos prácticos. Nada abstracto. Era hora de mostrarle algo sólido–. No tengo nada –dejó que la bata que llevaba puesta le cayera por los hombros y se amontonara en sus caderas, mostrando su desnudez.

Wagner contuvo el aliento al ver que los pezones se oscurecían y endurecían. Le recorrió el cuerpo con la mirada, posándola brevemente sobre los pechos antes de detenerse en sus ojos.

–Lo tienes todo –musitó con voz ronca por una necesidad descarnada.

–No, quiero decir que no hay trucos. Solo estoy yo –con el corazón desbocado, dejó que la bata le cayera por los muslos y pantorrillas para quedar sobre la alfombra.

–¿Qué me estás haciendo?

–Demostrar lo estúpido que sería que rechazaras.

–Annabelle, trato de hacer lo correcto. Te amo demasiado para arrastrarte conmigo.

–¿Quién arrastra? Gracias a los dos, ahora estás sentado sobre un acuerdo magnífico que nos dará malvaviscos y galletitas para el resto de nuestras vidas. Pero la clave para haberlo alcanzado es… nosotros. Somos un gran equipo. Dentro y fuera de la cama.

Al oír la palabra cama, Wagner gimió. Tiró de la mano de ella y la envolvió en sus brazos. Le acarició la espalda.

Ella sabía del dolor que estaba liberando y de la incertidumbre que en ese momento abrazaba.

Había usado a sus padres como muletas durante demasiado tiempo. Y acababa de dejarlas caer.

—Voy a poner parte del dinero que reciba de Pleasures en una renta anual a tu nombre. Jamás te quedarás en bancarrota por mí.

Ella asintió contra la suavidad de su camiseta. Había ganado. Los dos habían ganado.

—¿Estás decepcionado porque las cosas no salieran como habías querido? —le preguntó ella.

—No. Aunque pensé que le iba a hacer un favor al mundo creando una fuente de energía barata y limpia.

—Eh, no descartes a la Boa Azul y a sus hermanos. Sigues haciéndole un favor al mundo.

—Tienes razón. Quizá te pida que hagas lo mismo con Taggert. Esa técnica del aeropuerto desde luego convenció a Ulrich. ¿Qué fue lo que hiciste exactamente?

Se puso de puntillas y lo besó en el cuello.

—Te lo contaré mañana.

—Ah, pero mañana tengo grandes planes para ti. Tienes que llamar a Kenny Rhoads y...

—¿Decirle que salte al lago? —rio ella—. De hecho, al volver a la ciudad oí en la radio que lo han arrestado acusado de diversos cargos de fraude y blanqueo de dinero. Ninguno de sus partidarios ha dado la cara por él y su familia ni siquiera ha pagado la fianza para sacarlo de la cárcel.

Wagner esbozó una sonrisa fugaz. Luego bajó las manos a los costados de ella y dio un paso atrás.

—Te amo, Annabelle. Más de lo que jamás creí posible. Pero te daré la oportunidad de cambiar de parecer. Si hacemos el amor esta noche, ya no te soltaré.

—Eres muy generoso.

—Me siento seguro. Das la impresión de no tener suficiente de mi cuerpo.

—¿Y si digo que no? —preguntó ella. Había aprendido que no era bueno tener a un hombre demasiado confiado.

—No lo harás.

—No, no lo haré.

Antes de aplastarle los labios con un beso ardiente, susurró:

—Eso pensé.

INDISCRECIONES AMOROSAS

KATHERINE GARBERA

Conner Macafee, millonario y soltero, estaba dispuesto a cerrar un trato con la entrometida periodista Nichole Reynolds. Nichole quería que él contara su historia, algo que Conner estaba dispuesto a hacer… cuando ella accediera a compartir su cama.

Conner era arrogante, engreído… y endemoniadamente sexy, y Nichole pensó que, por su carrera periodística, merecía la pena ser durante un mes la amante del soltero más codiciado de la ciudad y trasladarse a vivir a su ático. Pero bastó un beso para que se diera cuenta de que había cometido un gran error: ahora quería la historia y al hombre.

«Sé mi amante por un mes»

¡YA EN TU PUNTO DE VENTA!

Acepte 2 de nuestras mejores novelas de amor GRATIS

¡Y reciba un regalo sorpresa!

Oferta especial de tiempo limitado

Rellene el cupón y envíelo a
Harlequin Reader Service®
3010 Walden Ave.
P.O. Box 1867
Buffalo, N.Y. 14240-1867

¡Sí! Por favor, envíenme 2 novelas de amor de Harlequin (1 Bianca® y 1 Deseo®) gratis, más el regalo sorpresa. Luego remítanme 4 novelas nuevas todos los meses, las cuales recibiré mucho antes de que aparezcan en librerías, y factúrenme al bajo precio de $3,24 cada una, más $0,25 por envío e impuesto de ventas, si corresponde*. Este es el precio total, y es un ahorro de casi el 20% sobre el precio de portada. !Una oferta excelente! Entiendo que el hecho de aceptar estos libros y el regalo no me obliga en forma alguna a la compra de libros adicionales. Y también que puedo devolver cualquier envío y cancelar en cualquier momento. Aún si decido no comprar ningún otro libro de Harlequin, los 2 libros gratis y el regalo sorpresa son míos para siempre.

416 LBN DU7N

Nombre y apellido	(Por favor, letra de molde)

Dirección	Apartamento No.

Ciudad	Estado	Zona postal

Esta oferta se limita a un pedido por hogar y no está disponible para los subscriptores actuales de Deseo® y Bianca®.
*Los términos y precios quedan sujetos a cambios sin aviso previo.
Impuestos de ventas aplican en N.Y.

SPN-03   ©2003 Harlequin Enterprises Limited

No estaba dispuesta a sucumbir a un chantaje emocional

Georgie seguía enamorada
de su exmarido, Jed, pero
se había resignado a seguir
viviendo sin él porque estaba segura de que jamás podría darle lo que ella quería:
amor, y ella nunca podría
darle lo que él deseaba: un
hijo.

Pero Jed Lord siempre conseguía lo que quería. Y, en
ese momento, lo único que
le preocupaba era recupe-
rar a su esposa... e iba a lo-
grarlo aunque para ello tuviera que chantajearla.

Chantaje emocional

Carole Mortimer

UN AMOR ENVENENADO

OLIVIA GATES

Aram Nazaryan solo necesitaba una cosa para conseguir el cargo que ambicionaba: una esposa adecuada. Aunque el multimillonario estaba dispuesto a todo por regresar a Zo-hayd, el país del desierto que era su casa, casarse con la princesa Kanza Aal Ajmaan era un precio demasiado alto. O eso creía hasta que conoció a Kanza...

Todo parecía ir sobre ruedas cuando pidió la mano de su princesa. Pero entonces Kanza se enteró de la verdad. Aunque ella se había casado por amor, los votos de él estaban contaminados por la ambición.

¿Destruiría la traición su matrimonio?

¡YA EN TU PUNTO DE VENTA!